KB260382

시조 신화 연구
―한국 신화학의 「근대성」극복을 위하여―

김영남

제이앤씨
Publishing Corporation

서문
시조 신화 연구

　7년 전 처음으로 『제왕운기』에 수록된 '단군신화'를 읽었을 때가 생각난다. 거기에는 그때까지 알던 단군신화의 세계와 전혀 다른 세계가 펼쳐져 있었다. 근대 일본인 연구자들이 설화 연구를 통하여 자신들의 민족적 아이덴티티를 확보하는 과정을 검토하는 것이 당시 필자의 연구 테마였다. 막연하게 다음의 테마는 한국의 연구자들이 자국의 신화나 전설을 어떤 방식으로 연구했을까를 검토하려 마음먹고 있던 때였다. 『제왕운기』를 읽고 나서 처음 머리에 떠오른 것은 '왜 우리는 이런 이야기를 알지 못했을까?'라는 의문이었다.

　한국에 돌아와서 단군신화 연구 논문들을 찾아 읽는 중에, 단군신화의 해석에서 고조선의 사회상을 구성하는 논문에 이르기까지 거의 모든 연구자들이 가끔씩 『제왕운기』의 언급은 하고 있지만, 무조건적으로 『삼국유사』의 단군신화에 의거하여 논의를 전개하고 있는 현상을 볼 수 있었다. 분명히 전혀 다른 세계를 보여주는 텍스트가 존재함에도 불구하고 왜 『삼국유사』의 텍스트만이 우월한 지위를 누리고 있으며 단군신화는 하나의 세계만을 그리고 있는 것처럼 이야기될까? 이 책은 이런 단순하면서도 근본적인 의문에서 시작되었다.

먼저 부제에 나오는 「근대성」이란 용어의 의미는 직설적으로 표현하면 「식민성」이란 의미를 함축하고 있다. 본문에서는 탈식민지 지역인 해방 후의 한국에서 제국주의의 유산인 '단군신화의 일원화' 문제가 의식되지 못한 상태에서 재생산되는 현상을 '자기 식민지화'로 규정하였다. 한국 신화학의 「근대성」은 식민지 시기 일본인 연구자들의 단군신화 연구에 대응하는 방법으로 진행된 최남선을 비롯한 한국인 연구자들의 연구에서 시작된다. 그들의 연구는 본문에서도 여러 차례 언급하고 있지만, 일본 제국주의의 의식을 저변에 깔고 일본 제국주의에 맞서는 연구를 수행할 수밖에 없는 인식론적·방법론적 한계를 가졌다. 그러나 탈식민지의 공간에서 이들의 연구가 극복되지 못한 채로 재생산되는 현상이 이어지고 있다. 따라서 한국 신화학의 「근대성」은 필연적으로 「식민성」이란 의미를 함유하고 있는 셈이 된다.

위와 같은 인식하에 제 1부에서는 단군신화의 연구사를 '부정과 배제' 와 '자기 식민지화'라는 관점에서 분석해 보았다. 일본인 연구자들에 의해 시작된 근대의 단군신화 연구는 일본의 제국으로서의 아이덴티티를 확보하려는 노력의 일환으로 진행된 결과, 처음부터 존재 자체를 부정당하는 처지에 놓이게 된다. 존재를 부정하기 위하여 동원한 방법은 신화 텍스트인 『삼국유사』가 '날조'되었다는 것과, 『삼국유사』 이외의 텍스트에 수록된 단군신화 텍스트는 『삼국유사』의 개작

혹은 변형이라는 논리의 조작이었다. 『삼국유사』 이외의 텍스트를 배제한 이유는 『삼국유사』를 부정하기만 하면 그 외의 모든 단군신화 텍스트가 자연히 부정당하기 때문이다. 최남선은 이러한 '부정과 배제'의 구조를 깨닫지 못하고 『삼국유사』에 가치를 부여하고 그 속에서 의미를 발견하려고 노력한 결과, 자각하지 못한 상태에서 일본인 연구자들의 단군신화 '배제'와 동일한 논리적 상황에 빠지게 된다. 이러한 최남선의 연구는 해방 이후의 한국 신화학 연구에 그대로 계승되어 현재에도 『삼국유사』에 수록된 단군신화가 가장 원형에 가깝고, 신빙성이 높은 텍스트로 '무조건적'으로 승인 받고 있는 상태를 가져왔다. 이러한 역사적 과정은 한국 신화학의 인식체계 내부에서 일본 제국주의의 신화학의 인식이 재생산 되는 결과를 가져왔으며, 이러한 현상을 '자기 식민지화'로 규정하였다.

탈식민지 공간인 해방 후의 한국 신화학에서는 『삼국유사』에 수록된 단군신화를 바탕으로 고조선의 실체성을 확립하고, 특히 '단군왕검'이 개인명이 아닌 고조선의 지배자의 칭호라는 의미를 실체화 하였다. 그리고 이러한 '환상'은 역사교육의 과정을 통해 전 국민＝민족의 '공동환상'으로 확산되었다. 그러나 결과적으로 신화 텍스트에 묘사되어 있는 '영웅적인 개인'으로서의 단군은 깨끗이 부정되었으며, 아이러니하게도 이 결과는 그렇게도 단군을 부정하고 싶어하던 일본인 연구자들이 지향하던 지점이었다.

제 2부에서는 『삼국유사』와 같은 시기인 고려 충렬왕 시기에 간행

된 현존하는 最古의 단군신화 텍스트인『제왕운기』에 수록된 단군신화를 분석하여, 각각의 텍스트에 구현된 단군신화는 어떠한 의미의 편차를 보여주고 있는가를 검토해 보았다. 또한 유일하게 자신들의 시조에 관한 기술이 남아있는 <동명·주몽계> 신화의 다양한 텍스트들이 각각 어떠한 의미로 텍스트 내부에서 기능하고 있는가도 분석해 보았다. 그 결과 신화 텍스트에서 볼 수 있는 것은 각각의 텍스트가 추구한 자신만의 '古代像'을 그리고 있다. 즉, 다양한 신화 텍스트는 우리들에게 '複數의 고대'를 보여주고 있다는 점을 확인 할 수 있었다. 고대는 '실존했던 고대'와 '신화 텍스트에 표상된 고대'그리고 '현재의 우리들이 만드는 고대' 등 다차원적으로 존재하고 있다. 한국의 신화학이 지향한 일원화된 고대는 우리들이 추구하는 '고대상'이며, 따라서 현존했던 고대가 아니라 현존했어야만 하는 고대인 것이다. 전술한 바와 같이 한국 민족의 정체성을 확립하려는 시도의 결과로 나타난 '일원화된 고대의 창출'이라는 한국 신화학의 연구 내부에는 일본 제국주의의 인식체계가 바탕에 깔려 있다. 따라서 한국 민족주의가 진정한 의미에서 일본 제국주의의 영향에서 벗어나려면 다양한 신화 텍스트에 내포된 각각의 의미를 부활시켜 그곳에 묘사된 '복수의 고대'와 만나는 작업에서부터 시작해야 할 것이다.

첨부한「모모타로우<桃太郎>에 나타난 모방적 욕망과 공동체의 형성」이란 논문은 이 책의 주제와는 직접적인 관계가 없는 것처럼 보일 수도 있다. 그러나 모모타로우를 둘러싼 일본 내부의 인식은,

설화 연구가 텍스트 자체의 의미와는 전혀 이질적인 차원에서 논의되고, 그것이 아무런 반성도 없이 일반적인 상식으로 받아들여지고 있는 대표적인 사례라 할 수 있다. 모모타로우는 한국의 단군신화와 마찬가지로 모든 일본인들이 학교 교육을 통해 내용과 의미를 공유하며 '공동환상'을 품고 있는 일본의 대표적인 설화이다. 이 설화를 통해 표상되고 있는 일본 민족의 아이덴티티를 한마디로 압축하면 '일본 민족의 대외 진출 정신'이라고 한다. 『고사기』에 일본을 개국한 것으로 그려진 최초의 천황인 진무(神武)천황을, 한국의 단군과 같이 민족 아이덴티티의 중심으로 교육할 수 없는 현재의 일본에서 모모타로우 설화가 지니는 의미는 실로 상당하다고 볼 수 있다. 그런데 본문에서 분석한 바와 같이 모모타로우에는 공동체가 형성되는 과정에 나타나는 보편적인 양상이 묘사되어 있을 뿐, 일본 민족의 아이덴티티는 찾아 볼 수 없다. 단지 일본에서 전승된 관계로 주인공의 이름이 일본어로 되어 있을 따름이다.

이 책에서 논의되고 있는 신화에 대한 관점은 '신화란 역사의 산물이다.'라는 기존의 신화학의 관점에 대해 근본적인 의문을 제시하고 있는 점이다. 즉, 신화는 신화를 기술한 기술자(記述者)의 상상의 산물이며 신화 연구자는 신화 텍스트에 기술된 내용만으로 신화에 대해 이야기해야 한다는 입장이다. 신화가 문자로 정착되기 이전에 '구두전승'의 단계가 있었을 것이며, 따라서 신화에 이전의 역사가 반영되었을 것이라는 기존 신화 연구의 인식은, 엄밀히 말하면 하나의 전제에 불과하다. 확인할 수 없는 구두전승의 세계는 문자 텍스트로 정착된 이후에 개념화한 세계이지 결코 그 반대가 될 수 없다는 것이 필자의 인식이다. 연구자 자신의 선입견이나 사상을 신화를 통해서 드러내려는 행위는 신화 텍스트가 가진 무궁한 상상력을 배제하는 결과를 가져오며, 결국 자신의 신화를 새로이 구성하는 행위에 불과하고 할 수 있다.

여기에서 제시된 여러 문제점들, 특히 한국 신화학이 '근대성'을 극복할 수 있을지의 여부는 이제부터의 필자의 과제라 인식하고 있다. 많이 부족한 논고를 출판하게 된 이유도 여러 선학들과 동료 연구자들의 질타와 제언을 구하기 위함이다.

끝으로 미완성 상태의 원고를 기꺼이 출판해 주신 제이앤씨 출판사 사장님과 직원 여러분들, 그리고 교정을 도와주신 김상미 조교와 김경화 석사께 진심으로 감사드린다.

2008년 5월

김 영 남

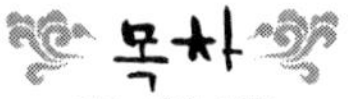

목차
시조 신화 연구

제2장 한국 신화학의 「자기 식민지화」 과정
－공동환상의 창출과 일원적 고대상(古代像)의 형성－

_2부_
복수의 고대를 위하여

제3장 「단군」기술에 보이는 복수의 고대

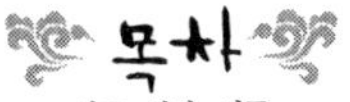

목차
시조 신화 연구

_2부_
복수의 고대를 위하여

제3장 「단군」기술에 보이는 복수의 고대

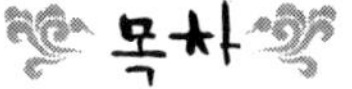
목차
시조 신화 연구

제2장 한국 신화학의 「자기 식민지화」 과정
－공동환상의 창출과 일원적 고대상(古代像)의 형성－

_2부_
복수의 고대를 위하여

제3장 「단군」기술에 보이는 복수의 고대

제4장 신화 기술(記述)의 다양성과 신화의 의미
－<동명·주몽계 신화>의 기술(記述)을 중심으로－

_별첨_
모모타로우(桃太郞)에 나타난 모방적 욕망과 공동체의 형성

_1부_
한국 신화학의 「근원」

제1장
단군신화의 일원화-「부정」과 「배제」
-「민족」과 「제국」의 근원으로서의 단군-

1. 머리말

　'환인의 아들 환웅이 널리 인간을 이롭게 하기 위하여 비, 바람, 구름을 주관하는 부하들을 거느리고 태백산에 내려와 신시를 건설하고, 곡식, 생명, 질병, 형벌 등 인간의 360가지 일을 주관하며 세상을 다스렸다. 그 때 곰과 호랑이가 찾아와 사람이 되기를 원하므로 쑥과 마늘을 주며 백일 동안 햇빛을 보지 말라고 하였다. 곰은 계율을 지켜 여자로 변하였으나 호랑이는 참지 못하고 도망하였다. 환웅이 웅녀와 혼인하여 단군을 낳았다. 단군왕검은 아사달에 도읍을 정하고 나라를 세워 조선이라 하였다.'

위 이야기는 중·고등학교 역사 교과서에 기술된 단군신화로 한국인이라면 누구나 알고 있는 고조선의 건국 신화이다. 또한 '한민족'의 기원을 밝혀주는 신화라는 점에 있어서도 대부분의 한국인은 의심하지 않고 있다. 교과서에 수록된 이 이야기는 『삼국유사』에 실려 있는 단군신화를 요약한 내용이다. 그런데 단군신화는 『삼국유사』뿐 아니라 여러 텍스트에 다양하게 전승되어 왔음에도 불구하고, 오늘날 거의 대부분의 한국인들은 『삼국유사』에 수록된 단군신화를 유일한 단군신화로 인식하고 있다. 고려와 조선 시대의 역사서에 오랜 기간을 통해 다양하게 전승되던 단군신화가 『삼국유사』에 수록된 텍스트로 일원화된 계기는 무엇이며, 언제·어떤 과정을 거쳐 이러한 인식이 정착되었는가. 여기서는 이런 의문에 대하여 고찰해 본다.

단군신화는 크게 전승시대와 해석의 시대로 구분해서 논의할 수 있으며, 이제껏 한국의 신화 연구에서 간과되어 온 부분이지만, 전승시대의 '단군'과 해석의 시대에서의 '단군'은 전혀 다른 의미를 지니고 있다. 전승시대란 근대 신화학이 학문에서 다루어지기 이전 시대 즉, 조선시대까지의 역사서에 수록되며 전승되던 시대를 말한다. 해석의 시대는 근대 이후 근대적 학문 방법론에 의거하여 해석되기 시작한 이후의 모든 연구를 일컫는다. 논의의 순서는 먼저 전승시대에 단군신화가 어떤 모습으로 전승되어 왔는지 살펴본 후, 근대 이후 한국과 일본의 연구자들 사이에서 벌어진 단군신화에 관한 논쟁을 검토한다. 이 과정에서 『삼국유사』에 수록된 단군신화가 가장 바람직한 단군신화 텍스트로 의미를 획득해 가는 과정이 포착될 것이다.

2. 텍스트로 전승된 단군신화

1) 고려시대의 단군신화

현존하는 단군신화 텍스트 중에서 고려시대에 편찬된 텍스트는 『삼국유사』와 『제왕운기』 두 개 뿐이다. 『삼국유사』는 현재 고려시대에 간행된 판본이 존재하지 않기 때문에 실제로 고려의 판본은 『제왕운기』가 유일한 형편이다. 그러나 『삼국유사』가 정확히 간행된 연대는 불명하지만 고려시대에 간행되었다는 사실에 대해서 의심하는 연구자는 없기 때문에 고려시대의 텍스트로 간주하고 논의한다. 『삼국유사』는 보각국사 일연이 편찬한 텍스트이고, 『제왕운기』는 두타산 거사 이승휴가 저술한 서사시 형태의 텍스트이다. 일연은 승려이고 이승휴는 유학자로, 두 텍스트는 사상적 기반을 달리하는 저자들에 의해 기술되었다. 그러나 이승휴가 『제왕운기』를 기술할 당시는 벼슬에서 물러나 '마음은 부처님께 귀의하고 눈은 불경에 붙박혀'[1] 있던 시기로, 단지 유학자의 저술이란 이유만으로 『제왕운기』를 유교적

---

1) 이승휴 『제왕운기』, 김경주 역주, 역락, 1999, 38쪽.

시각에서 저술된 텍스트로 간주하기에는 무리가 있다.

그럼 『삼국유사』와 『제왕운기』에 수록된 단군신화를 간략하게 정리해 보자.

(1) 삼국유사

1) 옛날에 환인의 서자 환웅이 있었는데 인간세상을 탐내어 구했다.

2) 환인은 아들의 뜻을 알고 천부인 세 개를 주고 세상 사람을 다스리게 했다.

3) 환웅은 무리 3천을 거느리고 태백산의 신단수 밑에 내려와 신시를 열고 인간의 360여 가지의 일을 주관하였다.

4) 곰과 호랑이가 같은 굴에 살았는데 신웅(환웅)에게 사람이 되기를 빌었다.

5) 신웅이 쑥과 마늘을 주고 백일동안 빛을 보지 말라고 했다.

6) 곰은 금기를 지켜 21일 만에 여자의 몸이 되었으나, 호랑이는 금기를 지키지 못해 사람이 되지 못했다.

7) 웅녀가 단수 아래서 매일 아기 갖기를 빌어, 환웅이 잠시 사람으로 변해 결혼하여 아들을 낳았다. 이름을 단군왕검이라 했다.

8) 평양성에 도읍을 정하고 국호를 조선이라 했으며, 1500년간 나라를 다스리고 1908세에 아사달에 숨어 산신이 되었다.[2]

---

2) 일연 『삼국유사』, 이민수 역주, 을유문화사, 1994, 50~52쪽.

(2) 제왕운기

1) 상제 환인의 서자에 웅이 있었는데 삼위태백에 내려가 홍익인간 하라고 했다.

2) 이에 웅은 천부인 3개를 받아 귀신 3천을 거느리고 태백산 신단수 아래로 내려왔다. 이가 곧 단웅 천왕이다.

3) 손녀에게 약을 먹여 인간으로 변하게 하였다.

4) 손녀가 단수신과 결혼하여 아들을 낳았는데 이름을 단군이라 했다.

5) 조선지역을 차지하여 왕이 되었는데 시라, 고례, 남북옥저, 동북 부여, 예, 맥 등은 모두 단군이 다스리던 지역이었다.

6) 1038년을 다스리고 아사달산에 들어가 신이 되었다.[3]

위에서 보는 바와 같이 『삼국유사』와 『제왕운기』에 수록된 단군신 화 텍스트는 전체적인 구조는 동일하다고 할 수 있으나, 단군의 탄생 과정에서 결정적인 차이를 보인다. 먼저 일반적으로 흔히 알고 있는 곰과 호랑이 이야기가 『제왕운기』에는 나오지 않는다. 그리고 단군이 『삼국유사』에서는 환인으로부터 부계 3대째에 해당되지만 『제왕운기』 에서는 모계 5대째에 해당된다. 또한 단군의 이름이 '단군왕검'과 '단군'으로 구별되는 것도 큰 차이점이다. 뒤에 조선시대의 단군신화

---

3) 주1) 앞의 책, 135~136쪽.

텍스트에서도 볼 수 있지만 단군의 이름이 '단군왕검'으로 기록된 것은 『삼국유사』가 유일하다고 볼 수 있다. 『제왕운기』에는 고구려의 건국자 주몽이 '마한의 왕검성에 나라를 건설했네'⁴⁾라는 기록이 있다. '왕검'이 인명이 아니라 지명으로 기록된 것이다. 김부식의 『삼국사기』 「고구려본기 제5」 '동천왕조'에 '평양은 본시 선인 왕검의 택지였다. 혹은 王之都王險이라 한다.'⁵⁾는 기록이 보이는 점으로 미루어, 고려 시대 '왕검'에 대해서는 인명과 지명의 두 가지 전승이 존재했다고 여겨진다.

2) 조선시대의 단군신화

조선시대의 단군신화 텍스트는 거의 백 여개에 이를 정도로 방대하다. 그러나 대체로 유사한 서술이 중복되어 있으며 대표적인 유형은 세 가지 정도이다. 먼저 단종 2년(1454)에 편찬된 『세종실록』「지리지」에 단군신화가 수록되어 있고, 권람이 편찬한 『응제시주』에도 '자주(自註)'와 '증주(增註)'로 단군신화를 전하고 있다. 『세종실록』에 수록된 단군신화는 『제왕운기』의 단군신화와 거의 동일한 내용을 전하고 있으며, 『응제시주』의 '증주'에서 전하는 단군신화는 『삼국유사』의 기록에 가깝다. 조선시대의 텍스트를 살펴보자.

---

4) 주1) 앞의 책, 159쪽.
5) 김부식 『삼국사기』, 이병도 역주, 을유문화사, 1996, 396~397쪽.

(1) 세종실록

≪단군고기(檀君古記)≫에 이르기를, "상제 환인(上帝桓因)이 서자(庶子)가 있으니, 이름이 웅(雄)인데, 세상에 내려가서 사람이 되고자 하여 천부인(天符印) 3개를 받아가지고 태백산(太白山) 신단수(神檀樹) 아래 강림하였으니, 이가 곧 단웅천왕(檀雄天王)이 되었다. 손녀(孫女)로 하여금 약(藥)을 마시고 인신(人身)이 되게 하여 단수(檀樹)의 신(神)과 더불어 혼인해서 아들을 낳으니, 이름이 단군(檀君)이다. 나라를 세우고 이름을 조선(朝鮮)이라 하니, 조선(朝鮮)·시라(尸羅)·고례(高禮)·남북옥저(南北沃沮)·동북부여(東北扶餘)·예(濊)·맥(貊)이 모두 단군의 다스림이 되었다.

단군이 비서갑 하백(非西岬河伯)의 딸에게 장가들어 아들을 낳으니, 부루(夫婁)이다. 이를 곧 동부여 왕(東扶餘王)이라고 이른다. 단군이 당요(唐堯)와 더불어 같은 날에 임금이 되고, 우(禹)가 도산(塗山)의 모임을 당하여, 태자(太子) 부루(夫婁)를 보내어 조회하게 하였다. 나라를 누린지 1천 38년 만인 은(殷)나라 무정(武丁) 8년 을미에 아사달(阿斯達)에 들어가 신(神)이 되니, 지금의 문화현(文化縣) 구월산(九月山)이다.[6]

(2) 응제시주

그 달[홍무29(1396)년 9월] 22일에 짓기를 명하여 지은 10수[是月二十二日命題十首:시월이십이일명제십수]

---

6) 심백강 편 『조선왕조실록 중의 단군 사료』, 민족문화연구원, 2001, 91쪽.

●태고에 동이(東夷)를 연 임[始古開闢東夷主: 시고개벽동이주]

자주(自註: 원작자 주): 옛적 신인(神人)이 단목(檀木: 박달나무)아래로 내려오자 나랏사람들이 세워 임금을 삼고 단군(檀君)이라 부르니 때가 당요(唐堯: 중국 고대 요임금)원년 무진(戊辰)이다.

증주(增註: 집주자 주): 고기(古記)에 이르기를 상제(上帝: 하느님) 환인(桓因)에게 서자(庶子)가 있으니 웅(雄: 檀雄)인데 지상으로 내려가 인간이 되고자 하는 뜻이 있어 3개의 천인(天印)을 받아 3천의 무리를 거느리고 태백산(太白山) 신단수(神檀樹)아래로 내려오니 이를 환웅천왕(桓雄天王)이라 한다 하였다. 환(桓)은 혹은 단산(檀山)이라 하는데 곧 지금의 평안도 희천군(熙川郡)의 묘향산(妙香山)이다. [환웅은] 풍백(風伯)과 우사(雨師)·운사(雲師)와 주곡(主穀)·주명(主命)·주병(主病)·주형(主刑)·주선악(主善惡) 등 무릇 인간의 360여 가지 일을 주관하는 신하를 거느리고 세상에서 이화(理化: 치리와 교화)를 주재하였는데 이때 곰 하나와 호랑이 하나가 같은 굴에서 살면서 항상 환웅에게 기도하면서 사람으로 변하기를 원하니 웅(雄)이 영애(靈艾: 신령스런 쑥) 한 주(炷: 자루)와 마늘 20매(枚)를 주면서 이르기를 '이것을 먹고 백일 동안 햇빛을 보지 않으면 문득 사람의 형상을 얻으리라'하였다.

곰과 호랑이가 그것을 먹었는데 호랑이는 금기(禁忌)를 지키지 못하고 곰은 금기하여 삼칠일(三七日: 21일)에 여자의 몸이 되었으나 더불어 혼인할 대상이 없는 고로 매양 단수(檀樹) 아래에 가 잉태하게 해 주기를 주원(呪願)하였다. 웅이 이에 거짓 사람으로 화하여 임신시키니 낳은 아들이 단군(檀君)이고 당요(唐堯)와 같은 날 나라를 세워 이름을 조선(朝鮮)이라 했다. 처음 도읍을 평양(平壤)에 하고 뒤에

백악(白岳)에 도읍했으며 비서갑(非西岬) 하백(河伯: 물의 신)의 딸을 맞아 아들을 낳으니 부루(夫婁)인데 이가 동부여왕(東夫餘王)이다. 우(禹: 중국 夏의 시조)가 도산(塗山)에서 제후(諸侯)를 모아 회맹(會盟)할 때 이르러 단군이 아들 부루를 보내 조회(朝會)케 했다. 단군은 우의 하(夏)나라를 지나 상(商: 殷)나라 무정(武丁) 8년 을미(乙未)에 아사달산(阿斯達山)으로 들어가 신(神)이 되었다. [아사달산은]지금 황해도 문화현(文化懸)의 구월산(九月山)이며 그 사당이 지금에 이르도록 보존되고 있고 향년(享年)은 1048년 이다. 그 후 164년이 지난 기묘(己卯)에 기자(箕子)가 와서 봉(封)해졌다.[7]

그런데 조선시대의 단군신화에는 단군의 아들에 관한 이야기가 신화 텍스트 속에 첨가되어 있는 것이 특징이다. 이 이야기는 『삼국유사』의 「기이 제1」 ‘고구려’조에도 보이는데, ‘<단군기>에는 “단군이 서하의 하백의 딸과 친하여 아들을 낳아서 부루라고 이름했다.”고 했다.’[8]라는 기록이 보인다. 부루가 도산에 가서 조회했다는 내용은 『삼국유사』에 보이지 않지만, 동부여의 왕인 부루가 단군의 아들이라는 전승은 고려시대부터 존재했다고 보여 진다.

조선시대의 단군신화 텍스트에 보이는 또 하나의 특징은 하늘에서 내려온 ‘신인’이 환웅이 아니라 단군이라는 기록이 상당히 많이 보인다는 점이다. 『세종실록』에도 ‘당요 무진년에 신인(神人)이 박달나무

---

7) 권람 『응제시집주』, 권광욱 역주, 해돋이, 1999, 148~149쪽.
8) 주2) 앞의 책, 72쪽.

아래에 내려오니 나라 사람들이 <그를> 세워 임금을 삼아 평양에 도읍하고, 이름을 단군이라 하였으니....'9)라고 기록되어 있다. 또한 『응제시주』의 '자주'에는 '옛적에 신인이 박달나무 아래에 내려오니, 나라 사람들이 그를 세워서 임금으로 삼고 단군이라 불렀다. 그 때는 요 임금 첫해인 무진이었다.'10)고 되어있다. 『동국여지승람』이나 『동국통감』 그리고 『용비어천가』 등에도 동일한 기록이 보이는 것으로 보인다. 이 전승이 고려시대에도 존재 했는가 하는 점은, 지금으로서는 알 수 없는 부분이지만, 조선시대의 단군신화 텍스트에는 가장 널리 보이는 유형이다. 또한 '왕검'이 고려시대에는 인명과 지명의 두 가지 형태로 전승 되었지만, 조선시대에는 평양의 옛 지명만 기록되어 있는 점도 주목할 만한 부분이다.

이처럼 단군신화의 전승시대라 할 수 있는 고려시대와 조선시대에는 단군신화가 텍스트 상에서 다양한 모습으로 기록되어 있음을 알 수 있다. 그러나 다양한 신화 텍스트가 근대 이후에 『삼국유사』에 수록된 텍스트로 일원화 되면서, 그 외의 전승은 부차적이거나 변형된 텍스트로 간주된다. 그 과정을 살펴보자.

---

9) 주6) 앞의 책, 87쪽.
10) 주7) 앞의 책, 148쪽.

3. 단군신화의 '부정'과 '배제'

1) 단군신화의 부정 – 시라토리 쿠라키치(白鳥庫吉)의 단군신화 연구

단군신화가 신화학이라는 근대적 학문의 틀 속에서 본격적으로 연구되기 시작한 것은, 일본인 연구자들에 의해서이다. 그 최초의 인물은 시라토리 쿠라키치(白鳥庫吉)인데, 그는 1894년에 발표한 「檀君考」「朝鮮의 古傳說考」라는 논문에서 단군신화를 날조한 전설로 파악하고, 단군의 실체와 역사성을 부정하였다.

이 시기에 한국의 고대사를 연구한 일본의 연구자들의 단군신화에 대한 태도는 시라토리의 인식과 대동소이하다. 예를 들어, 나카 미치요(那珂通世)는 「朝鮮古史考」에서 "이 전설은 佛法東流이후에 僧徒의 날조에서 나온 망탄(妄誕)으로서, 조선의 古傳이 아니라는 것이 명확하다"[11]라며, 단군신화의 존재 자체를 부정하였다.

나카 미치요와 마찬가지로 시라토리는 "조선의 문화는 불교의 동점(東漸)에 기인하기 때문에, 상대의 기록에는 승려의 손으로 이루어진 것이 많다. 따라서 그 용어와 같은 것은 불전에 나오는 것이 적지 않았다."[12]라며, 단군신화를 날조된 것으로 파악하고 있다. 그 근거가 되는 것이 인용문에 나타난 것과 같이 단군신화가 실려 있는 『삼국유

---

11) 那珂通世 「朝鮮古史考」『史學雜誌』, 第5編4号, 1894, 41쪽.
12) 白鳥庫吉 「朝鮮의 古傳說考」『白鳥庫吉全集』, 第3卷, 1970, 23~24쪽.

사』의 편찬자가 승려라는 사실과, 신화 텍스트에 많이 나타나는 불교
적 용어 때문이었다.

시라토리의 단군신화 부정의 바탕에 깔린 인식은, 한반도 고대사의
부정이다. 즉, 고대국가로서의 고조선이 부정됨으로 인해 고조선의
시조탄생 신화인 단군신화는 당연히 부정된다. 「조선의 건국에 관하
여」라는 문장에는 한반도의 고대사에 대한 시라토리의 기본적 인식이
잘 드러나고 있는데, 특징은 고대사에 있어서 한민족의 독자성을 부정
하는 점이다. 시라토리는 한반도를 크게 남부지역과 동북지역 그리고
서북지역의 세 지역으로 구분하고 있다. 서북지역에는 지리상 인접해
있는 중국인이 진출하여, 기자조선, 위만조선, 한사군 등의 중국 왕조
가 설치되었으며, 동북지역에는 만주족이 진출하여 동부여, 고구려
등의 왕조를 세웠다고 한다. 즉, 한반도의 북부지역에서 흥망한 왕조들
은 조선의 역사가 아니라 중국역사나 만주족의 역사에 속해야 하는
왕조로 인식하고 있다. 한반도의 남부지역에 삼한으로 나뉘어져 있던
한민족이 멸망하지 않은 것은, 북부지역에 중국계통의 왕조와 만주족
계통의 왕조가 서로 경쟁하면서 남부지역으로 진출할 수 있는 여건이
성립하지 않기 때문이라고 주장한다.

시라토리는 한민족의 고대국가로 처음 성립한 왕조를 신라라고
하는데, 그것도 고구려가 중국의 세력을 한반도에서 축출하면서 남진
의 위협을 느껴서 삼한이 백제와 신라 그리고 일본의 식민지인 임나로
재편되었다고 한다. 백제는 지배층이 부여족 출신이므로 순수한 한민

족의 국가가 아니기 때문에 신라가 순수한 한민족이 세운 첫 번째 고대 왕국이 되는 셈이다. 하지만 그 성립 과정에서도 독자적인 의지가 아니라 만주족의 위협이라는 외부 조건으로 인해 수동적으로 성립한 왕조인 것이다.

이러한 역사인식에 대한 평가에 앞서 주목해야 할 것은, "종래 조선국의 역사를 말하고, 조선의 개벽을 이야기하는 자들이 반드시 箕子를 가지고 시작하지만 그것은 커다란 오진이다."[13]라며, 중국인이 한반도의 서북지역에 세운 첫 번째 왕조를 기자 조선으로 파악하고 있는 사실이다. 역사적으로 한반도의 북부지역에 존재했던 왕조가 한민족의 왕조가 아닌 중국의 왕조였다는 의미에서 한민족의 고대사가 부정되고 있는 것뿐만 아니라, 고조선이라는 왕조 자체가 부정되면서 고조선의 건국 시조인 '단군'이란 존재 자체도 동시에 부정되고 있다.

단군신화가 불교적 이미지로 채색된 허구라는 시라토리의 주장은 불경에 대한 연구에 기인한다. 먼저 환웅이 하강했다는 태백산이 묘향산이라 하며, '묘향'이란 이름이 불전에서 유래했다고 한다. 그리고 '고기(古記)에 단목(檀木)이라 한 것은 곧 이 산속에 나는 향목(香木)을 말함인데 이것을 단목이라 칭함은 오로지 천축의 우두전단(牛頭栴檀)에 擬한 것이다.'[14]라고 주장했다. 또한 '그래서 이 나무 밑으로 내려

---

13) 白鳥庫吉 「조선의 건국에 대하여」『東洋時報』 116호, 1908년 5월, 3쪽.
14) 주12) 앞의 책, 17쪽.

온 것을 연(緣)으로 하여 단군(檀君)이라는 가공의 인물을 안출(案出)한 것이다.'[15]라며, 단군은 승려가 불전을 참고로 날조한 가공의 인물이라고 한다.

한편으로 단군은 조선의 시조가 아니라 고구려의 시조라고 주장하기도 한다.

> 주몽의 양부는 금와요, 금와의 양부는 부루요, 부루의 실부는 단군이 될 것이다. 그렇다면 단군은 조선국의 선조가 아니라 고구려 일국의 선조임을 알 수 있다. 하물며 단군이 하강한 태백산이라든지, 그 수도인 평양이라든지, 그 신이 된 아사달산이라든지, 모두 고구려의 영내에 있음을 생각한다면 더욱 더 고구려의 시조라 증명할 수 있다. 아니 고구려의 선조라고 그 나라의 승려들이 만들어낸 인물이라고 해석할 수 있다.[16]

앞서 살핀 대로 단군이 하백의 딸과 결혼해서 부루를 낳았다는 기록과, 『삼국사기』와 『삼국유사』의 고구려 건국 신화에 보이는 부루에서 주몽까지의 관계를 연관시켜 단군이 조선의 시조가 아니라 고구려의 시조라 주장한다.

단군신화가 만들어진 시기는 한반도에 불교가 전래된 서기 372년과 일연이 인용한 『위서』가 간행된 551년 사이라고 한다[17]. 단군신화

---

15) 주12) 앞의 책, 18쪽.
16) 주12) 앞의 책, 19쪽.
17) 白鳥庫吉 「檀君考」『白鳥庫吉全集』제3권, 3~6쪽.

는 고구려의 장수왕대에 만들어졌을 가능성이 높다고 주장했는데, 장수왕 시기는 광개토왕을 계승하여 고구려의 국운이 가장 융성했던 시기였고 자국의 선조를 '요순'과 동등하게 세울 수 있는 용기도 이 시기였기 때문에 가질 수 있었다는 것이다.

2) 단군신화의 배제

시라토리가 『삼국유사』에 수록된 단군신화를 부정한 것은 『삼국유사』이외의 텍스트를 접하지 못했기 때문이었다. 시라토리와는 달리 당시 조선에서 활동했던 일본인 연구자들은 『삼국유사』를 포함하여, 『세종실록』과 『응제시주』 등 조선시대에 전승된 다양한 텍스트를 접할 수 있었다. 『제왕운기』가 발견된 1930년대까지 고려시대의 텍스트로는 『삼국유사』가 유일했으나, 조선시대의 신화 텍스트를 접한 일본인 연구자들의 단군신화 해석은 시라토리와 맥을 같이 하면서도 미묘한 차이를 보이고 있다.

최남선의 분류에 따라 시라토리의 단군 부정을 '僧徒妄談說'이라 한다면, 이마니시 류유(今西龍)의 주장은 '王險城 神說'이라 할 수 있다. 단군왕검에서 '왕검'이 원래는 지명이었던 '왕험(王險)'이 인명으로 변했고, 왕검이란 원래 왕험성의 신이었다고 한다. 이 '신인(神人)'이 고려시대의 도교 사상의 영향으로 '선인(仙人)'으로 바뀌었다는 것이다. 따라서 『삼국사기』에 보이는 '선인왕검'에 대해, '선인왕검으로 기록한다면, 왕검이란 명칭이 선인의 실명으로 되어 버린다. 그러나 이 주의 기록자가, 왕험이 평양의 고지명(古地名)으로, 선인왕검의 명칭이 그의 거소지명에서 나온 것을 안다면, 왕검선인이라 고쳐 써야만 한다.'[18]며, 왕검이란 원래 인명이 아닌 지명이었다고 주장했다. 즉, 고구려 시기에는 평양의 옛 지명으로 전해지던 '왕험'이 고려의 초기부터 '왕검선인(王儉仙人)'으로 되어 나중에는 '선인왕검'으로 변하고, 고려 중기부터 '단군'이란 존칭을 더해 조선을 창시한 '신인'이 되었다는 설명이다.

그러나 이마니시의 논의에서 무엇보다도 주목하고 싶은 것은 조선 시대 전승된 단군신화에 대한 견해이다. 『삼국유사』의 단군신화와 『세종실록』의 텍스트에 보이는 단군의 탄생에 관한 기술의 차이에 대해 이마니시는 다음과 같이 말한다.

전자(삼국유사)에는 원시적인 모습이 많이 보이지만, 후자(세종실록) 에는 많은 수식을 더한 것이 명백하다. …… 손녀(孫女)는 혹 웅녀 (熊女)의 오자라 생각할지도 모르지만, 손녀라고 정확히 보이는 것을 보면, 이것은 웅녀를 손녀로 개작한 것 뿐이다. 단웅은 신인으로 손녀를 새삼스레 인간으로 변신시킬 필요도 없는데, 이렇게 기록한 것은 이 기사의 작자가 단군의 모친을 자웅(雌熊)으로 마음 속에 두면서도 개작함으로서, 飮藥成人身이라고 쓰게 된 것이다. 또한 단웅은 단군의 모계 증조부가 되는데, 여기에 단(檀)씨 성을 붙인

---

18) 今西 龍 『檀君考』, 1929, 23쪽.

것은 개작했다는 것을 폭로하는 셈이다.[19]

위에서 알 수 있듯이 이마니시는 『세종실록』의 기록이 『삼국유사』의 개작이라는 입장을 취하고 있다. 이 시기는 아직 『제왕운기』가 발견되기 이전이기 때문에 고려시대의 신화 텍스트로는 『삼국유사』가 유일한 존재였다. 따라서 『삼국유사』에 수록된 단군신화와 상이한 신화 텍스트가 조선시대의 기록에 보인다는 사실은 신화의 개작 이외에는 설명할 수 없다고 판단했을 수도 있다. 이마니시가 개작의 증거로 주장한 부분은 두 가지인데, 하나는 신인의 손녀를 새삼스레 인간으로 변신시킬 필요가 없다는 점과, 단군에게 모계의 증조부가 되는 단웅의 성을 붙인 사실이 상식에 어긋난다는 점이다. 그러나 단웅은 하늘에서 하강한 존재로 신화상으로 비인간적인 존재이기 때문에, 자신의 손녀를 인간으로 변신시키는 것은 신화 텍스트 기술에 있어 크게 문제가 되지 않는다. 단군의 성에 관해서는 만일 '단'이 성이라면, 반대로 『삼국유사』에서는 환웅의 아들을 단군이라 해서 아버지와는 다른 성을 부여하고 있는 모순을 발견할 수 있을 것이다.

문제가 되는 것은 이마니시의 주장이 맞느냐 틀리느냐에 있는 것이 아니라, 이마니시가 『세종실록』과 『응제시주』를 포함한 조선시대의 다양한 신화 텍스트를 접하고서도 모두가 『삼국유사』의 개작으로 혹은 파생적인 텍스트로 인식하고 있다는 점이다. 이는 『삼국유사』와

---

19) 주18) 앞의 책, 15쪽.

는 다른 계열의 단군신화가 전승되었다는 사실을 인정하게 되면,『삼국유사』의 단군신화 텍스트도 부정할 수 없는 상황이 되기 때문에, 조선시대의 기록이 모두『삼국유사』의 개작이란 주장을 할 수 밖에 없었으리라 사료된다. 특히 '선인왕검'이 '왕검선인'의 오기라 주장하는 이마니시의 단군관에 의거할 때 더욱 명확히 나타난다. 조선시대의 일반적인 전승은 왕검이 인명이 아니라 지명으로 기록되어 있다. 이마니시는 왕험 지방(평양의 옛이름)의 산신이 선인왕검으로 실명화 된 후에 '단군'이란 존칭이 부여된 것으로 단군신화의 발생을 파악하고 있다. 그러나 조선시대의 기록을 단군신화에 대한 하나의 계열로 인정하게 되면, '단군'이란 왕검에 붙은 존칭이 아니라 독립된 인명을 지칭하는 셈이 되고 만다. 이마니시에게는 인정할 수 없는 기록이며, 따라서『삼국유사』와는 계열을 달리하는 조선시대의 단군 기록은 모두『삼국유사』의 개작이나 파생물이 되어야만 했다. 또한 이마니시는 단군의 전신(前身)인 선인왕검은 낙랑 지방의 한인(漢人)들이 섬기는 산신으로 한민족(韓民族)의 본체를 구성하는 한종족(韓種族)의 신이 아니라고 하며 단군과 한민족과는 관련이 없음을 주장했다.

이처럼 이마니시는 시라토리와 마찬가지로『삼국유사』에 수록된 단군신화가 승려에 의해 날조된 것이라고 존재 자체를 '부정'했다. 그리고 조선시대에 전승된 단군신화는『삼국유사』의 텍스트를 개작한 것이라 주장하면서, 다양한 신화 텍스트를『삼국유사』의 단군 텍스트로 일원화 시켜버렸다.『세종실록』에 수록된 단군신화 텍스트를 포함한 다양한 텍스트가 가진 각각의 의미를 '배제'하면서,『삼국유사』에 유일한 단군신화 텍스트로서의 의미를 부여하게 된 셈이다. 단군신화를 부정하기 위해서 다른 신화 텍스트를 '배제'한 행위가 결국『삼국유사』의 텍스트적 가치를 높이는 결과가 된 역설적인 상황이 발생한 것이다.

이마니시 뿐만 아니라 당시 한국에서 활동하던 일본인 연구자들은 조선시대의 다양한 단군신화 텍스트를 접하고 있었다. 그리고 하나같이 조선시대의 텍스트가『삼국유사』의 단군신화를 개작한 것이라는 인식을 공유하고 있었다. 예를 들면, 오타 쇼우고(小田省吾)는 「소위 단군전설에 관하여」라는 문장에서『세종실록』에 수록된 단군신화에 대해 다음과 같이 평하고 있다.

> 이조에 있어 이 전설의 특징은 농후한 국가적 색채를 띠어 왔다는 것 뿐만 아니라, 공공연히 국가에 의해 선전됐다는 점이다. 즉, 이 전설은 이조 제 4대 세종 시기에 관련된 「세종실록지리지」 속에 상세히 실려, 「삼국유사」에 실린 고전설에 비해 대량의 부가(付加)를 한 위에, 조선, 시라(신라), 고례(고구려), 옥저, 예, 맥 등 과거 반도에 나타났던 모든 종족은 모두 단군의 치하에 있었다고 말하기에 이르렀다.[20]

물론 당시만 해도『삼국유사』와 같은 고려 충렬왕 시기에 간행된

---

20) 小田省吾 「소위 단군전설에 관하여」『문교의 조선』, 1925년 2월, 39쪽.

『제왕운기』가 발견되지 않았기 때문에, 단군신화의 내용 뿐 아니라 단군의 통치 영역에 관한 위와 같은 내용이 조선시대에 만들어졌다고 밖에 말할 수 없었을지도 모르며, 또한 여러 갈래의 단군신화 전승이 존재했을 것이라는 사유가 불가능했을지도 모른다. 어쨌든 이마니시를 포함한 한국에서 활동한 일본인들은 다양한 단군신화의 텍스트를 접했음에도 불구하고, 모두 『삼국유사』의 내용을 개작한 이야기로 받아들이게 되었으며, 『삼국유사』 이외의 단군신화는 모두 '배제'되게 된다.

4. '부정의 부정'과 '배제의 재생산'
─ 최남선의 단군 연구

한편, 한국인으로 단군신화에 대해 근대적인 신화학의 방법을 동원해 본격적으로 연구한 최초의 연구자는 최남선이었다. 최남선은 1949년 반민특위에 의해 체포되어 서대문 형무소에 수감되었을 때 제출한 '자열서(自列書)'에서, 자신이 일한 실제는 "민족정신의 탐구, 조선역사의 건설" 밖에는 없었다고 하였다. '민족정신'이란 바로 한민족의 아이덴티티였으며, 이것은 단군과 고조선의 역사를 밝히는 과정에서 구체화 되었다.

최남선의 단군론은 현재의 단군신화 연구에도 지대한 영향을 미치고 있으며, 최근에는 최남선의 단군론이나 역사학 자체를 대상으로 삼는 연구 논문도 다수 발표되고 있는 실정이다. 그의 연구는 일본의 연구자들이 부정한 단군신화가 실재했다는 것을 증명하기 위하여 시작되었다. 대표적인 것으로는 『삼국유사』의 사료적 가치를 증명한 『삼국유사해제』(1927)와, 일본인 학자들의 단군 부정론을 조목조목 비판한 『단군론』, 그리고 동북아시아 보편적 문화의 기원으로서 단군을 논증한 『불함문화론』 등이 있다.

최남선의 단군론 중에서 현재까지 연구의 기본틀로서 가장 큰 영향을 미치고 있는 부분은, 단군을 종교적 제사장과 정치적 군장으로 규정한 점과, 곰과 호랑이를 '토템'으로 파악하여 고대사를 인식한 점이다. 즉, 고조선 사회는 제정일치의 사회였으며, 고조선을 桓族과 곰族의 결합으로 이루어진 왕조로 파악하는 계기를 제공하였다. 또한 『삼국유사』의 사료적 가치에 대한 논증은 아직도 그대로 받아들여지고 있다.

최남선의 단군신화 연구는 일본인 연구자들의 단군 부정론을 '부정'하는 것으로 시작된다. 이들은 기본적으로 단군신화가 불교 전래 후에 승려에 의해 날조되었다는 인식과, 고대사에 있어서 부여와 고구려를 퉁그스족이 세운 왕조로 규정하며, 한민족의 역사에서 고구려사를 배제하려는 인식을 가지고 단군신화를 다루었다. 최남선은 일본인들의 단군연구를 두고 다음과 같이 비판하였다.

邪珂씨는 아가미를 따고, 白鳥씨는 배알을 끄집어 내어, 兩大家의 손에 속속들이가 다 환하게 드러난 셈이 되매, 단군이란 이를 조선사의 첫머리에 얹음은 점점 학자들의 똑똑지 못한 표적이 될 듯하고, 그렇다고 개국자를 없달 수 없으매 기자로서 조선의 국조임을 그네의 동양사에 적게 되고, 기자도 가상적 인물이라는 論이 白鳥씨를 말미암아서 제기된 뒤에는 史漢 양서의 조선열전을 그대로 위만이 조선의 발견자 비스름한 지위를 가지는 奇觀을 못하게 되었다.[21]

상당히 적나라한 표현으로 비판하는 점으로 미루어 얼마나 일본인들의 단군연구에 감정적으로 반발했는가를 짐작할 수 있다. 최남선의 단군론에서 가장 두드러진 전환점을 가져온 계기는 자신도 말하듯이, '밝'과 '단굴'에 대한 발견이었다. 이 시기는 3·1운동 후 옥고를 치루는 시기였는데, 출옥 후 최남선은 무당을 '단굴'이라고 부르는 현상이 조선 전역에서 보인다는 것을 확인한다. 1925년 간행 된『불함문화론』에서는 동아시아 전역에 '밝'과 '단굴'이 보편적으로 존재하고 있다는 사실을 증명하려 했다.

壇君이란 Tengri 또는 그 類語의 寫音으로서, 원래 天을 의미하는 말에서 轉하여 天을 대표한다는 君師의 호칭이 된 말에 不外하다(君은 정치적, 師는 종교적의 長을 말하는 것인데, 원시 意義에 있어서는

---

21) 최남선 「단군론」『최남선 전집』2, 현암사, 1974, 85쪽.

양자가 일체임이 무론이다). 언어학적으로 동일한 문화권에 속한다고 생각되는 몽고어의 Tengri가 天과 한가지 巫(拜天者)를 의미함은, 인류학적으로 君主와 巫祝이 대체로 一源一體임과, 조선의 古傳承에 君主와 巫祝이 역시 동일어로 호칭되었다고 함과를 아울러 생각하면, 설사 전설이라 하더라도 壇君이란 것이 얼마나 확고한 근거 위에 입각하였는가를 알 수 있을 것이다.[22]

최남선은 이처럼 불함문화권 내에 보편적인 단군이 존재했음을 증명하고, 이를 통해 단군이 후대에 날조된 가상의 인물이 아니라, 역사상으로 실재했다는 주장과 동시에 조선 문화의 우수성도 아울러 증명하려 하였다. 또한 『불함문화론』에서는 단군의 종교적 성격이 강조되는데 이는 현재에도 유력한 연구방법의 하나인 '단군샤먼론'의 최초의 모습이다.

『불함문화론』을 간행한 후 본격적으로 일본인 연구자들의 단군신화 연구에 대한 비판을 시작하게 되는데, 한편으로는 『단군론』을 통해 단군이 불교가 전파된 후에 날조된 전설이라는 설을 반박했으며, 다른 한편으로는 『삼국유사해제』를 통해 단군신화가 수록되어 있는 『삼국유사』의 사료적 가치를 증명하는 방향으로 진행되었다. 『단군론』에서는 일본인 연구자들의 단군신화 부정의 유형을 분류하였는데, '승도망담설'과 '王險城 神說' 그리고 '성립연대관'과 '민족적 감정성', '민족적 신앙설' 등이 그것이다.

---

22) 최남선 「불함문화론」 『최남선 전집』2, 현암사, 1974, 60쪽.

특히, 시라토리의 '승도망담설'을 비판하면서 '檀君'이 아닌 '壇君'을 주장하였다. 전술한 바와 같이 시라토리는 환웅이 하강한 태백산인 현재의 묘향산에서 산출되는 '香木'에 불교적 윤색이 가해져 '檀君'이라는 가공의 인물이 탄생했다며 단군의 존재를 부정했다. '檀君'이라는 명칭 자체가 이 신화가 후일 승려의 날조에 의해 만들어졌다는 점을 증명한다는 주장이다. 그러나 최남선은 단군의 기사가 수록된 가장 오랜 텍스트인 『삼국유사』에 '檀君'이 아닌 '壇君'으로 기록되어 있다는 점을 들어 원래는 土변의 壇君이지 木변의 檀君이 아니라고 반박했다. 따라서 단군이 불전에 근거한 승려들의 날조라는 주장이 성립하지 않는다는 점을 강조하고 있다.

『단군론』은 애초 최남선이 예정했던 대로 완성하지 못한 채 중단되고 만다. 백두산 순례를 떠나면서 중단되었는데, 돌아와서도 『단군론』의 완성보다 『삼국유사』의 사료적 가치를 논증한 『삼국유사해제』를 먼저 발표하였다. 일본인 연구자들이 단군신화를 부정하는 원인의 하나가, 『삼국유사』에 인용된 『魏書』에 단군신화가 기록되어 있지 않다는 점이었다. 또한 같은 고려 시대에 간행된 『삼국사기』에도 단군신화가 실려 있지 않기 때문에 단군신화가 일연에 의해 날조되었다는 주장을 하기도 했다. 따라서 단군의 실재성을 주장하기 위해서는 『삼국유사』의 사료적 신빙성을 확보하는 작업이 무엇보다도 긴요하였다. 먼저 『삼국사기』의 성격에 대해서는 다음과 같이 언급한다.

<史記>는 고려 인종 23년 乙丑(서기 1145년)에 김부식 등이 왕명을 奉하여 在來하던 <三國史記>를 重整選次한 것으로, 지나의 정사를 擬한 기전체의 사서라, …… 지나적 사상과 한문적 氣習으로써 國故의 원형을 왜곡하고 改換한 결과임이라, 유교적으로 보아서 怪亂하다하면 抹削하기를 꺼리지 않고, 한학상으로 보아서 조야하다 하는 것이면 變改하기를 서슴치 않고 ……[23]

따라서 『삼국사기』로는 '國義的 古史'를 규명하는 것은 불가능하며, 오히려 『삼국유사』에는 정사에서 빠진 古傳이 원형으로 많이 수록되어 있고, 誕怪하기 때문에 원시신앙과 고대의 관념을 전해주고 있다고 하며[24], 『삼국유사』의 사료적 가치가 『삼국사기』보다도 월등하다고 평가하였다. 또한 『魏書』의 인용 부분이 현존하는 『魏書』에 보이지 않으니 허구라는 주장에 대해서도 비판을 전개하였다[25].

이 시기까지의 최남선의 단군 연구는 일본인들의 단군 부정론에 대한 반박의 의미가 강했다. 즉 최남선의 단군 연구는 '부정의 부정'으로 시작된 것이다. 불함문화권을 상정하여 조선 문화의 보편성을 논증한 점이나, '檀君'을 부정하고 '壇君'을 강조한 점, 그리고 『삼국유사』의 사료적 가치를 주장한 점 등이 모두 단군 부정론에 대한 단군의 실재성 주장의 행위였다. 뒤에서 논의하겠지만 최남선의 단군 연구가

---

23) 최남선 『삼국유사해제』『최남선 전집』8, 현암사, 1974, 21쪽.
24) 주23) 앞의 책, 23쪽.
25) 주23) 앞의 책, 33쪽. (참조)

일본인 학자들의 연구를 부정하면서 시작된 점이 이후 한국 신화학의 성격을 규정하는 근본적인 원인이 된다.

최남선이 부정에 대한 부정의 단계를 지나 자신의 단군론을 본격적으로 탐구하기 시작한 것은 1927년 이후의 일이다. 『살만교차기』와 『단군신전의 고의』에서 기본적인 논의의 틀을 확립하고, 『민속학상으로 보는 단군왕검』에서 단군 신화에 대한 새로운 접근 방법을 확립했다. 여기서 가장 주목할 만한 성과는 단군신화에 등장하는 곰과 호랑이를 토템으로 해석한 점이다. 곰을 토템으로 하는 집단과 호랑이를 토템으로 하는 집단 그리고 새로 이주해 온 환웅족과의 종족 결합의 양상으로 단군신화를 해석한 것이다. 웅녀와 환웅의 결혼은 두 종족의 통합으로 해석되었으며, 쑥과 마늘로 상징되는 금기의 준수 여부는 호랑이를 토템으로 하는 집단의 배제를 의미하는 것으로 해석된다. 이러한 해석 방법은 현재에도 그대로 답습되어, 고조선을 건국한 집단의 이주와 정착 과정을 규명하는 중요한 관점으로 간주되고 있다.

같은 해에 발표한 『壇君神典에 들어있는 歷史素』에서는 단군신화를 신화부와 역사부로 구분하여 해석하였다. 환인에서 환웅까지의 부분은 동북아시아 건국신화의 공통적인 특징인 천강신화이며, 단군 이후의 부분은 실재했던 고조선의 역사적 사실을 전해주는 것이라는 주장이다. 실재했던 고조선의 영역은 한반도 내부로 규정되는데, 단군신화에 나오는 백악산 아사달을 현재의 구월산으로 비정하고, 고조선의 國都도 구월산으로 비정하여, 『고려사』이후의 조선시대의 견해를 그대로 따른다.

이상 간략하게 최남선의 단군신화 연구를 살펴보았다. 연구의 시작이 일본인 연구자들의 단군 연구에 대한 '부정'에서 시작한 관계로, 몇 가지 한계를 지닐 수밖에 없었다고 보여진다. 하나는 연구 방법론에 있어 자신이 비판하는 일본의 신화 연구 방법론을 그대로 채용할 수밖에 없는 방법론의 한계이다. 유럽에서 시작된 근대의 신화 연구는 유럽의 학문을 가장 먼저 수입한 일본의 연구자들에 의해 동양 신화연구에 그대로 적용되었으며, 최남선도 근대적인 학문방법을 일본에서 배웠기 때문에 일본인들의 신화를 보는 시각에서 자유로울 수 없었다. '밝'과 '단굴'의 착안에 의해 비교 언어학적 방법으로 동아시아의 보편적 단군을 논증한 연구도, 시라토리의 언어학적 방법론에 의거한 것이었다. 또한 인도와 중국의 문화권과는 영역을 달리하는 동북아시아의 '불함문화권'의 설정도, 시라토리 동양학의 기본 구도인 '남북이원론'의 영역 구분과 중첩되고 있다.

또 한가지 일본인들의 연구에서 벗어나지 못하고 있는 것은 단군신화 연구에 있어『삼국유사』에 수록된 신화 텍스트에 과도한 가치를 부여해 버린 점이다. 앞서 살펴보았듯이 일본인 연구자들은『삼국유사』의 단군 기록을 부정하기 위하여 조선시대의 다양한 단군신화 텍스트를『삼국유사』의 개작으로 간주해 버렸다. 이러한 연구에 대한 '부정의 부정'으로 출발한 최남선의 연구 또한 일본인들의 관점에서 벗어날 수 없었으며, 일본인들이 텍스트 고유의 의미를 인식하지 못하고 '배제'시킨 『세종실록』이나 『응제시주』에 수록된 단군신화 텍스트를 최남선도 배제해 버릴 수밖에 없었다. 즉, '배제의 재생산'이 조선인 연구자의 손에 이루어져 버려, 다양한 단군신화 텍스트의 의미가 상실되고 만 것이다.

최남선이 '檀君'이 아닌 '壇君'을 주장함으로써 단군의 존재를 증명하려 했지만, 그것만으로는 단군의 실재성을 증명할 수 없었다. 왜냐하면 '檀'자를 가지고 단군신화의 날조를 주장한 것은 시라토리였지만, 조선에서 활동한 일본인 연구자들은 이마니시가 발견한 『삼국유사』에 '檀'이 아닌 '壇'자로 수록된 사실을 인지하고 있었기 때문이다. 오타의 문장에도 이 사실이 언급되어 있다.

보통 읽혀지고 있는 「삼국유사」에 있어, 단군의 '단'은 木변의 '檀'자로 쓰여져 있다. 이 때문에 보통의 학자는 단군은 묘향산의 檀木아래에서 태어났기 때문에 檀君이라고 한다거나, 혹은 檀은 불교에 보이는 향목이기 때문에, 그 향목의 化神이라던가 하는 말을 지금까지 주장하고 있지만, 先年 이마니시 박사에 의해 발견된 「삼국유사」의 古本을 보면, 檀君의 '단' 자는 土변의 '壇'자로 만들어 전혀 普通本과 그 글자를 달리하고 있다. 따라서 檀君을 檀木과 결합시켜 그 유래는 논하는 것은, 오늘날에는 가치 없는 것이라 말하지 않으면 안 된다.[26]

---

26) 주20) 앞의 책, 35쪽.

　　이마니시나 오타를 포함한 일본인 연구자들은 시라토리가 '檀'자를 가지고 승려의 날조라 주장했던 것에 대하여 최남선과 마찬가지로 '壇'자를 들어 비판했다. 그렇다고 해서『삼국유사』의 단군 기록을 신뢰한 것도 아니었다. 오히려 단군신화의 성립연대를 고구려 장수왕 시기라 했던 시라토리 보다도 더 후대인 고려 충렬왕시기로 내려 잡았다.『삼국유사』에 대한 불신은 그대로인 채로 논리는 더욱 치밀해져 간 셈이다. 오타의 문장이 인쇄된 시점은 1925년 12월이기 때문에, 시기적으로 최남선이『단군론』에서 '壇'자를 들어 단군의 존재를 논증하려 했던 1926년 3월보다 약간 앞서고 있다. 최남선도 「단군 否認의 妄」(1926년 2월)에서 오타의 문장을 비판하고 있으므로 위의 주장을 사전에 알고 있었음에 틀림없다. 따라서 '壇'만 가지고 단군의 실재성을 주장하기에는 부족하다고 판단해서『삼국유사해제』를 통해 『삼국유사』의 사료적 가치를 논증함과 동시에 단군전승이 실재했음을 주장하려 했다고 판단된다.

　　최남선도 후일 '壇'자에 대한 입장이 '<삼국유사>에 檀을 壇으로 한것은 반드시 글자가 잘못된 것으로 볼 것이 아니라, 寫音字로서는 檀·壇 어느 것을 취하든지 무방하기 때문에 임의의 글자를 취한 것으로 볼 만한 점 등…'[27]으로 바뀌었음을 보여주고 있다. 그러나 이러한 입장의 변화가, 이영화의 주장처럼 '입장이 후퇴' 했기 때문도

---

27) 최남선 「단군소고」『최남선 전집』2, 현암사, 1974, 348쪽.

아니고 사상이 변해서도 아니다[28]. 처음부터 '壇'자만으로는 단군의 실재성을 주장하는 것이 큰 의미가 없다는 점을 잘 인식하고 있었기 때문이다.

다만 이 논의 과정에서 최남선이 조선시대의 단군신화 텍스트에 불신을 가지고 있었다는 점만은 지적하고 싶다.

고려 말엽으로부터 壇君의 壇이 문득 檀으로 변하여, 이조 이후에는 오직 檀君으로만 문자에 오르고, 또 이러한 문적만이 전하게 된지라, 壇君의 壇이 드디어 檀으로 확정하는 세력을 이루어, 이것이 눈에 익고, 이렇게 마음에 박이고, 더구나 檀字에 인하는 「東方初無軍長, 有神人, 降于太白山檀木下, 國人立爲君 …… 是爲檀君」이라는 제 2차적 전설을 구성한 이후로는 檀字가 마침내 요지부동의 지위를 얻었지만은 ……[29]

인용문에서 보이듯 최남선은 '신인이 내려와 국인이 그를 왕으로 추대했는데 그가 단군이다' 라는 조선시대의 단군 텍스트를 '2차적 전설'이라 하며 의미를 배제해 버린다. 그는 일본인 연구자들과 마찬가지로 『세종실록』과 『응제시주』를 포함한 다양한 전승을 접했을 것인데, 역시 『삼국유사』의 텍스트를 원형으로 삼고 그 외의 텍스트는

---

28) 이영화 「최남선 단군론의 전개와 그 변화」『한국사학사학보』5, 2002, 30쪽. (참조)
29) 주21) 앞의 책, 100쪽.

개작된 것으로 간주한 일본인 연구자들과 동일한 지평에서 조선시대
의 단군전승을 보고 있었다는 사실을 알 수 있다.

5. 근대의 '단군' – '민족'과 '제국'의 근원

　지금까지 일본인 연구자들의 단국신화에 대한 '부정'과 '배제', 그
에 대한 최남선의 '부정의 부정'과 '배제의 재생산' 과정을 거쳐, 다양
한 형태로 전승되던 단군신화가, 『삼국유사』에 수록된 텍스트를 최고
의 원형으로 일원화되는 과정을 살폈다. 최남선 이후 해방 후의 한국
신화 연구자들의 단군신화 연구에 대해서는 다음 장에서 다루기로
하고, 여기서는 근대 이전 '전승시대'의 '단군'과 근대 이후 '해석의
시대'의 '단군'의 의미 변화에 대해 언급하기로 한다.
　조선시대까지의 단군신화는 '텍스트'로 전승되었다. 보통 설화의
문자화를 말하는데 있어 신화나 설화가 텍스트에 실리기 위해서는
구비전승의 과정을 거쳐서 문자로 수록된다는 인식을 가지고 있다.
그러나 소위 '구비전승의 세계'는 신화나 설화 텍스트를 통해서 사후
적으로 인식되는 것이지 그 역은 아니다. 실제로 구비전승이 있었을
것이라는 것과 문자 텍스트를 통해서 구상하는 '구비전승의 세계'는
근본적으로 의미하는 바가 다르다. 이에 대한 구체적인 논의는 별도로

논의하기로 한다. 다만 조선 시대에 전승된 단군신화는 문자 텍스트를 통해서 전승되어 왔고, 각각의 텍스트가 추구하는 바가 상이한 관계로 단군의 전승 역시 텍스트 내부에서 의미하는 바가 상이할 수밖에 없다. 그렇기 때문에 단군이라는 존재는 텍스트 상에서 항상 '안정적'으로 존재하였으며, 간혹 단군신화의 기술을 신뢰할 수 없다는 유학자들의 언급은 있으나, 직접적으로 부정 당하는 존재는 환인이나 환웅이었지 단군이 아니었다.

그러나 근대 이후 해석의 시대에 와서 단군의 의미는 일변하게 된다. 맨 처음 단군을 연구한 일본인 연구자들은 단군의 존재 자체를 '부인'하게 된다. 또한 다양한 의미로 전승되던 단군신화 텍스트가 『삼국유사』에 수록된 텍스트를 중심으로 의미가 일원화 되어 버린다. 단군은 존재 자체를 부정당하기에 이르렀으며, 스스로 존재를 증명하지 않으면 존재할 수 없는 '불안정한' 위치로 내몰리게 된다. 이런 현상은 현재에도 계속되고 있으며, 오늘날 단군신화를 연구하는 한국의 연구자들은 누구나 외부에서 '부정당하는' 단군을 의식하면서 단군의 존재를 필사적으로 증명하려 하고 있다. 그러나 단군이 일본인 연구자들에게 존재를 부정당한 것은 존재의 유무 자체의 문제가 아니라, 단군을 둘러싸고 벌어진 일본민족의 근원 탐구라는 역동적인 지적 활동의 결과였다.

근대의 신화 연구는 민족의 정신이나 역사 즉, 민족의 아이덴티티를 신화 속에서 찾으려는 새로운 지적 활동이었다. 즉, 신화 속에는 그

신화를 탄생시킨 민족의 정신이나 역사가 내재해 있다는 전제를 가지고 신화를 해석하였으며, 신화를 통하여 잃어버린 민족의 근원을 재구성하려고 시도하였다. 이러한 연구 경향은 근대의 일본뿐만 아니라, 소위 근대 국민국가를 건설하는 과정에서 모든 국가가 경험한 공통의 문제로 볼 수 있다.

근대 국민국가는 그 형성과정에서 근본이 되는 국민을 필요로 하였으며, 국민을 형성하기 위하여 먼저 개개인이 일체감을 느낄 수 있는 「국민의식」을 형성해야만 했다는 것은 이제는 상식에 속하는 인식이다. 근대지로서의 신화 연구가 지닌 의미는 국민의식을 민족의 신화 속에서 「발견」해 냄으로써 근대 국민국가 형성에 공헌하는데 있었다.

이런 맥락에서 파악할 때 시라토리의 단군신화 부정이라는 외부 신화 연구는, 일본 민족의 동일성 형성이라는 내부 언설로 이해할 수 있다. 즉, 신화 연구를 통해 민족의 동일성을 확립하려고 할 때, 필연적으로 부각되는 것이 자신들의 신화와 대립되는 외부의 신화이다. 외부 신화의 연구를 통해 자신들의 신화가 지닌 특징이 부각되는 것이며, 그 과정에서 외부의 신화는 어떤 형식으로든 부정될 수밖에 없는 것이다. 이런 인식은 시라토리가 1905년에 발표한 「국어와 외국어의 비교연구」라는 문장에 잘 드러나고 있다. 이 문장에서 시라토리는 비교연구의 목적을 '우리가 본론에 있어서 국어와 외국어를 비교연구 하려고 하는 것은, 이것에 의하여 국어의 본원을 찾고, 더불어 야마토 민족의 유래를 명확히 하려는 것뿐'이라고 주장하고

있다. 단군신화를 포함한 중국의 신화나 몽고의 신화를 연구하는 목적
도 언어 연구의 그것과 동일하다고 할 수 있다.

그런데 시라토리를 시작으로 단군신화를 부정한 일본인 연구자들
은 일본 민족의 아이덴티티를 확보하려는 목적 이외에 또 한가지
목적이 있었다. 그것은 당시 일본 내부에서 진행된 일본 민족의 구성을
둘러싼 논쟁이었다. 특히 조선 민족과의 관계에 있어서 '일선동조론'
을 주장하는 측과 '단일민족론'을 주장하는 측 사이에 단군신화의
의미를 둘러싼 대립을 보이게 된다. 무라야마 지쥰(村山智順)이나 토리
이 류우죠우(鳥居龍藏) 등의 민속학자나 인류학자는 단군신화와 일본
신화의 공통성과 선사시대의 유적 발굴 등을 근거로 일선동조론을
주장하지만, 시라토리를 중심으로 한 역사학자들은 단군 부정론을
주장하며 단일민족론을 주장한다.

이러한 논쟁은 일본민족의 근원에 대한 논의라는 의미와 함께,
대륙으로의 팽창을 시작한 '제국' 일본의 아이덴티티를 구성하려는
의미가 더 크다고 할 수 있다. 아시아에서 최초로 근대화를 이룬
일본이 아시아 대륙으로 제국주의적 팽창을 감행하면서 이전과는
다른 의미의 '제국'으로서의 아이덴티티가 필요하게 되었으며, 이
논쟁의 한 복판에 단군신화가 놓여 있었다. 서양의 '동양에 대한 타자
화'라는 방식을 본떠서 아시아 지역을 타자화한 일본은, 자신을 아시
아 지역과 차별화 하던가 동일화 하는 방식으로 제국주의적 시선을
확보해 가는 과정에서 단군신화는 부정되기도 긍정되기도 했던 것

뿐이다. 따라서 시라토리 이후 이야기되는 단군은 시라토리 이전에는 결코 존재하지 않았으며, 일본인들에게 단군은 부정하는 측이던 긍정하는 측이던 상관없이, '제국' 일본의 아이덴티티의 근원이라는 새로운 의미로 다가서게 된 것이다.

시라토리가 「檀君考」를 포함한 일련의 조선신화와 역사 그리고 조선어에 대한 연구를 본격적으로 시작한 시기는 청일 전쟁을 통해 대륙으로의 진출을 본격적으로 감행한 시기와 일치하고 있다는 사실이 위의 주장을 더욱 뒷받침하고 있다. 이 시기는 근대 국민국가 일본이 처음으로 대규모의 대외 전쟁을 시작한 시기로, 어느 때보다도 내부적으로 민족의 동일성 확보가 중요한 시기였다. 이 시기에는 역사나 신화 연구뿐만이 아니라 모든 분야에서 민족의식을 고취하려는 시도가 활발하게 이루어졌다.

이런 의미에서 시라토리의 조선신화 연구는 조선신화 자체에 대한 관심이나 연구보다는, 일본 신화연구의 한 방편으로서의 의미가 더 컸다고도 할 수 있다. 시라토리가 일본의 신화를 '우리나라 상대의 신념, 제도, 정치, 풍습, 습관 등의 사실을 아름답게 시적으로 묘사한 커다란 이야기'30)로 규정한 것을 보면, 단군신화의 부정이 일본 신화의 의미를 부각시키는 역할을 하고 있다는 것을 알 수 있다. 즉, 시라토리에게 있어 조선의 신화는 제국으로서의 일본의 민족적 동일성을

---

30) 白鳥庫吉 「일본인종론에 대한 비평」『白鳥庫吉全集』, 第9卷, 190~191쪽.

보장해 주는 장소로서 의미를 지니는 것이며, 따라서 그의 조선 신화 연구는 일본인의 간주관적 의식에 기초한 내부언설이라고 할 수 있다.

이에 비하여 최남선을 포함한 식민지 시기의 한국 신화 연구자들은 처음부터 두 개의 모순된 문제점을 안고 단군신화 연구를 시작할 수밖에 없었다. 하나는 시라토리를 대표로 하는 일본인 연구자들이 부정한 단군신화연구에 대항해야만 했던 문제이며, 또 하나는 일본인 연구자들이 제국으로서의 민족적 아이덴티티를 구축하기기 위해 만들어 놓은 신화연구의 틀을 그대로 받아들여 한민족의 아이덴티티를 형성해야만 했던 문제이다.

최남선은 1949년 반민특위에 의해 체포되어 서대문 형무소에 수감되었을 때 제출한 '자열서(自列書)'에서, 자신이 일한 실제는 "민족정신의 탐구, 조선역사의 건설" 밖에는 없었다고 하였다. '민족정신'이란 바로 한민족의 아이덴티티였으며, 이것은 단군과 고조선의 역사를 밝히는 과정에서 구체화 되었다. 그런데 한국에서 단군연구를 통하여 한민족의 민족정신을 탐구하려 한 계기는 일본의 제국주의적 팽창을 인식하면서 부터이다. 이 시기에 단군이 신앙의 대상으로 구체화된 大宗敎가 성립하였으며, 신채호를 중심으로 한 민족주의 사학의 싹이 트기 시작하였다. 초기의 최남선은 대종교의 단군론과 신채호의 역사학에서 많은 영향을 받은 듯하다.[31]

---

31) 이영화 『최남선의 역사학』, 경인문화사, 2003 (참조)

대종교적인 단군인식에서 근대적 학문 방법론을 통해서 본격적으로 단군을 연구하는 쪽으로 방향 전환이 이루어진 계기는, 일본인 연구자들의 단군 부정을 목격한 후 단군이란 존재를 살려내고 민족의 정기를 새로이 정립하기 위해서였다. 그러나 일본인 연구자를 부정하면서 시작된 최남선의 단군신화 연구방법은, 일본 제국주의의 사유방식을 그대로 답습하면서 이루어질 수밖에 없는 한계에 직면하게 된다. 본인이 의식했던 의식하지 못했던 최남선의 단군신화 연구의 근원에 존재하는 의식은, 일본 제국주의의 의식이었다는 점은 의심할 여지가 없다. 즉, '朝鮮心'으로 표현된 한민족의 아이덴티티를 탐구하는 의식의 저변에 제국주의의 의식이 은폐된 채로 깔려있었던 셈이 된다.

최남선의 단군연구가 끊임없이 흔들릴 수밖에 없었던 것은, 끊임없이 단군의 존재를 의심하고 부정하려는 움직임에 대한 대응을 통해서만 단군의 존재가 증명되기 때문이었다. 단적으로 말하면 최남선 이후의 단군은 '타자'인 일본 제국주의에 대한 부정을 통해서만 존재 가능한 것으로 의미의 전환이 이루어진다. 그러나 전술한 바와 같이 최남선이 추구했던 조선의 민족정신의 근원에는 일본 제국주의의 의식이 은폐되어 있기 때문에, 일본 제국주의에 대한 끊임없는 부정은 결국 자기 부정으로 연결될 수밖에 없는 치명적인 결함을 안고 있었다. 즉, 최남선이 탐구했던 '민족'에는 처음부터 '제국' 의식이 깔려 있었으며, 그 결과 최남선의 단군신화 연구에는 처음부터 조선의 '단군'과

보편적인 '단군'이 공존하고 있었다.

이처럼 근대 이후의 단군은 근대 이전의 단군과는 전혀 상이한 의미로 새롭게 탄생하였다. '민족'이라는 근대적 상상체가 구성되는 과정에서 한쪽에서는 '제국'의 근원으로 끊임없이 '부정' 되었으며, 한쪽에서는 '부정에 대한 부정'을 통해 '민족'의 근원으로 끊임없이 자기 존재를 주장하는 역동적인 지적 활동의 한 가운데를 맴돌 수밖에 없는 존재가 되어 버렸다. 이 과정에서 양쪽 모두에게 다양한 전승 시대의 단군의 존재는 망각되었으며, 『삼국유사』 이외의 텍스트에 실린 단군신화는 '부정'과 '배제'의 운동 속에서 일원화되어 갔다.

6. 맺는 말

이상으로 근대의 단군신화 연구를 통하여 단군신화가 일원화되는 과정을 살펴 보았다. 전승시대라 할 수 있는 고려와 조선의 텍스트에 실려 있는 단군신화는 각각의 텍스트 내부에서 특정한 의미를 지니며 전승되어 왔다. 그에 비해 근대의 단군신화 연구는 단군을 매개로 근대 국민국가를 형성하는 과정에서, 신화의 '부정'과 텍스트의 '배제'를 통해 단군신화를 일원화 시켜 버렸다. 일본인 연구자들은 단군신화의 '부정'과 '배제'를 통해 제국으로서의 일본의 정체성을 확보하려

노력하였으며, 최남선은 일본인 연구자들의 단군신화 부정에 대한 부정과 신화 텍스트 배제의 재생산을 통해서 한민족의 아이덴티티를 구축하려 하였다. 즉, 단군은 한국의 '민족'과 일본의 '제국' 아이덴티티를 규정하는 장소로 기능하게 되었으며, 그 과정에서 끊임없이 존재를 위협당하는 처지에 놓이게 된다.

문제는 해방 이후 식민지 체제에서 벗어나 새로운 민족국가를 건설하는 과정에 동원된 단군이, 식민지 시대의 상황과 동일한 상황에 놓이게 된다는 사실이다. 현대의 단군신화 연구자들은 일본의 제국 의식이 은폐된 채로 진행된 최남선의 연구 방법에서 한 발자국도 나오지 못하는 상태에서 신화 연구를 수행하게 된다. 자신들의 신화 연구가 사실은 과거의 산물이 된 일본 제국주의의 주술 속에서 이루어지면서 '자기 식민지화'를 강화하는 결과라는 사실을 전혀 인식하지 못한 채 현재에 이르게 된다.

제2장
한국 신화학의 「자기 식민지화」 과정
─공동환상의 창출과 일원적 고대상(古代像)의 형성─

1. 머리말

　일본 제국주의의 식민 통치에서 벗어난 해방 공간에 있어, 무엇보다도 시급히 요구된 것은 '네이션 스테이트(민족, 혹은 국민국가)'의 형성이라는 정치적 과제였다. 이는 한국뿐만이 아니라 제국주의 지배를 벗어난 소위 탈식민지 지역의 공통된 과제였다. 그런데 네이션 스테이트의 건설은 누구도 의식하지 못한 채 마치 당연한 듯이, 제국주의의 유산을 고스란히 상속받는 형태로 진행되었다. 네이션 스테이트라는 정치 형태와 사회 편성이라는 제도적 장치는 물론, 국민의식이나 역사 인식

및 문화주의 등 비가시적인 제도에 이르기까지 어느 것 하나 제국주의의 제도에서 벗어나는 것이 없었다. 이 과정에서 자연스레 강화되는 것은 새로운 정치통제 시스템이었으며, 아이러니하게도 이러한 제도가 마치 원래부터 존재했던 것인 양 암묵적인 동의 아래 이루어졌다는 점이다. 탈식민지가 되어야할 공간에 식민지주의적인 제도나 의식이 여전히 폭력적인 권위를 행사하고 있는 셈이다.

한국의 경우 해방 후에 분단과 전쟁 그리고 민주화와 군부독재 다시 민주화 등, 정치체제가 끊임없이 변화해 왔지만 이러한 인식적인 식민주의적 폭력은 의식되지 못한 상태로 지속되어 왔다. 여기서는 그러한 식민주의의 의식이 한국의 신화연구에서 끊임없이 재생산되어 온 과정을 살펴본다. 탈식민지 공간인 한국에서 제국주의의 유산인 단군신화의 일원화 문제가 의식되지 못한 상태로 재생산 되는 현상을 본고에서는 '자기 식민지화'로 규정한다. 전 장에서 최남선에 의해 탐구된 '민족정신'의 근원에 일본의 제국적 사유가 은폐되어 있다고 지적했다. 탈식민지 공간에서 과연 이러한 제국적 사유가 신화 연구의 영역에서 명확히 인식되고 청산되었는가에 대한 문제는 심각하게 고민해야 할 과제이다.

한국의 신화학은 해방 후 본격적으로 네이션 스테이트의 필수적 요소인 '민족의식'을 구성하는데 참여하게 된다. 그 속에서 가장 중심적인 위치를 차지한 것은 두 말할 필요도 없이 '단군'이었다. 역사학을 중심으로 단군이 개국한 고조선의 실재성이 강조되었으며, 그것은 식민지 시기와 동일하게 『삼국유사』에 수록된 단군신화의 해석을 통해 이루어졌다. 이러한 연구의 성과는 중·고등학교 역사 교과서에 반영되고 전 국민의 '상식'으로 자리잡게 된다. 즉, 『삼국유사』의 단군 기사를 중심으로 일원적인 고대상이 정립되고 이것이 전 국민의 '공동환상'이 되어, 고대에 관한 상이한 사유나 기술을 억압하는 폭력으로 작용하게 된다. 문제는 일원화된 고대상이 정당한가 아닌가에 있는 것이 아니라, 일원화된 고대상의 근원에 은폐되어 있는 일본의 제국적 사유에 대해 전혀 지각하지 못하고 있다는 점이다.

먼저, 해방 후의 신화 연구가 어떤 형태로 고대상을 창출하는가에 대해 검토해 보고, 국정 교과서에 실린 단군신화의 양상을 분석해 본다. 이 속에서 한국 신화학이 최남선의 연구에서 한치도 벗어나지 못했음이 밝혀 질 것이다. 또한 한국 신화학이 『삼국유사』의 텍스트를 중심으로 고대상을 구성하는 원인에 대해 '삼국유사의 정전화'라는 관점에서 접근해 본다. 마지막으로 최근 유행하는 '최남선론'에 대한 근본적인 문제제기를 시도해 본다. 최남선을 한편에서는 '친일파'로 다른 한편에서는 '민족주의자'로 평가하고 있지만, 양측 모두 '민족주의'라는 기준에 입각해서 최남선에 대한 평가가 이루어지고 있다는 점에 있어서는 동일한 지평에 서 있는 셈이 된다. 그러나 평가자들 자신의 '민족주의'의 근원이 어디에 있는가에 대한 근본적인 반성이 결여되어 있는 상태에서, '최남선론'이 일본 제국주의 유산에 대한 정리 작업인 듯 비춰지는 것이 아닌가 하는 것이 필자의 우려이다.

2. 해방 이후 단군신화 연구 – 공동환상의 창출

　단군신화 연구는 현재 전하는 사료가 신화의 시기보다 훨씬 후대의 것들만 남아 있어 주제의 중요성에 비해 접근하기가 쉽지 않은 상황이다. 해방 후의 단군신화 연구는 주로 역사학계에서 이루어졌는데, 구체적으로 신화가 형성된 시기의 문제와 신화 해석을 통해 고조선의 역사 및 사회 상황의 재구성, 그리고 단군의 성격 및 민족 시조로 정착되어 가는 과정 등이 주요한 문제가 되었다. 연구방법에 있어서는 단군신화 텍스트에 대한 사료적 의미와 인식의 태도 등이 식민지 시기의 무조건적인 긍정에서 한 발 벗어나 합리적인 견해들이 많이 나타났다. 그러나 일부의 연구자들을 제외하고 단군신화의 성립 시기를 고조선 초기에서 늦어도 고구려 건국 이전에는 성립했다는 주장이 대부분이다.

　또 하나 주목할 사실은 환웅과 웅녀의 결합을 역사적 사실의 상징적 표현으로 간주하고, 신석기 문화와 청동기 문화의 결합 혹은 천신족과 지신족의 결합 등으로 해석하며, 종족의 결합을 통한 새로운 부족의 탄생을 말해주는 것으로 이해하고 있다는 점이다. 이 과정에서 자연스레 하나의 고대상이 만들어지게 된다. 그러면, 해방 이후에 이루어진 단군신화 연구 중 주목할 만한 것들을 연대순으로 구체적으로 살펴보도록 한다.

1) 1980년대 이전의 단군신화 연구

먼저 김정학은 단군신화가 고조선의 신화라 주장하며, 단군신화의 문헌 자료가 희박한 것은 고조선이 역사시대로 들어가려는 무렵 멸망했기 때문이라는 것이다. 단군신화의 원형에는 원시 조선의 오랜 형태가 보이지만, 전승 과정에서 불교나 도교와 같은 외래 사상이 첨가되었다고 한다. 원시적인 요소는 다름 아닌 곰과 호랑이 이야기인데, 이는 곰과 호랑이에 대한 숭배 사상을 토테미즘 신앙이라 이해하고 있기 때문이다.

그리고 단군신화의 본질을 이루는 사상은, 태양신의 성격을 지닌 환인과 아들 환웅 그리고 웅녀와 환인의 결합으로 태어난 단군이 세상을 다스린다는 三神사상과 천신사상으로 파악했다. 단군신화는 토테미즘과 태양신화의 두 계통의 신화가 결합된 신화인데, 이는 상이한 신화를 가진 두 집단이 하나의 집단으로 통합되어 나타난 결과로 이해하고 있다.[1]

1960년대 연구는 양적으로도 많지 않을뿐더러 주로 단군신화를 역사적 사실 보다는 신화로서의 가치가 높다고 평가하는 경향이 강했다. 또한 종교적인 측면이나 무속의 입장에서 해석하는 연구가 주를 이뤄 새로운 관점이 별로 보이지 않고 있다. 이에 비해 70년대에

---

1) 김정학 「단군설화와 토테미즘」『역사학보』7, 1954 (참조)

주목할 만한 연구를 몇 편 볼 수 있는데, 이 시기에는 주로 종족의 이동과 결합을 통해 새로운 정치집단이 형성되는 과정으로 단군신화 해석이 이루어지는 것을 볼 수 있다. 특히 천관우는 곰과 범을 상징으로 하는 두 종족을 고아시아족 선주민으로 설정하고, 환웅은 선주민을 동화시키거나 정복한 후래의 농경민인 북몽골족으로 파악한다. 단군신화는 수렵어로의 선주민인 고아시아족과 후래의 농경민이 결합하여 한민족의 원형인 '韓·濊·貊'이 형성되는 과정을 말해주고 있으며, 한국 역사에서 농경문화가 시작되는 시기로 이해하고 있다.[2]

김정배는 신화 텍스트는 역사적 사실을 근거로 전승된다는 것과 한국사의 시작이 단군조선이란 사실을 전제로, 단군신화를 남긴 주민들의 개념을 확정할 때 단군신화가 역사로 부각되리라 판단했다. 웅녀가 단군을 낳는 장면이 단군신화의 중심이며, 이는 시베리아 지역의 신석기 시대에 고시베리아족에게 곰을 숭배하는 신앙전통이 있었다는 것에 연관시켜 해석하였다. 또한 단군신화는 한반도의 신석기 시대의 역사적 사실을 전승한 것이며, 한반도의 선주민은 고아시아족이었다고 한다. 단군조선의 멸망은 기원전 13세기경인데 이 시기는 신석기 시대에서 청동기 시대로 접어드는 시기이며, 한국인의 형성도 이시기부터 시작된다고 한다.[3]

---

2) 천관우 「단군」『인물로 본 한국사』, 정음문화사, 1982 (참조)
3) 김정배 「고조선의 주민 구성과 문화적 복합」『한국민족문화의 기원』, 고려대학교 출판부, 1973 (참조)

한편, 이재춘은 민속학적인 방면에서 단군신화를 논의하였는데, 數觀·動植物觀 그리고 주술적인 것과 잉태에 따르는 祈子俗[4] 등을 살피고, 단군신화의 가치를 논했다. 그에 의하면 단군신화는 우리 민족의 개국신화요 민족설화이며, 다른 나라의 자연계 사상을 서술한 신화나 민간 집단생활의 사상을 설명한 신화와는 달리, 자연과 인문의 구별 없이 통합된 신화라 한다.

특히 단군신화가 현대에 와서도 민속학적으로 해석 가능한 이유는 단군신화에 실려있는 민속이 현재에도 그대로 지속되고 있기 때문으로 본다. 예를 들어 마늘과 쑥의 효능이라던가, 자식을 원하는 부녀자들이 수목·불절·암석 등을 찾아 祈子기도를 올리는 점 등이다. 따라서 단군신화의 원형이 전승될 수 있었던 것은 일상적인 생활에서의 민속이 우리 민족 모두에게 공감을 주었기 때문이라고 파악했다.[5]

이기백은 단군신화를 고조선의 건국으로 성립됐다고 하며, 고조선의 실체는 인정하고 있지만 단군을 역사적 실존 인물로 여기는 것에 대해서는 매우 신중한 입장을 취한다. 단군신화 연구에 있어 중요한 것은 구체적인 역사적 사실을 찾는 것이 아니라 이 신화를 지니고 있었던 사람들의 사회적 성격이나 양상, 그리고 사상을 밝히는 것이 중요하다는 인식이다. 그리고 단군신화는 곰 토템씨족이 지니고 있던

---

4) 祈子俗 : 자녀를 낳지 못하는 사람이 인간 이외의 신적인 힘을 빌려 잉태하기를 비는 풍습.
5) 이재춘 『단군신화의 고찰』, 중앙어문학회, 1975 (참조)

신석기 시대의 샤머니즘을 배경으로 성립된 신화이지만, 고조선은 씨족사회가 아니라 국가였기 때문에 단군조선의 연대는 청동기 시대로 이해하고 있다.

나중에 고구려가 도읍을 고조선의 도읍이었던 평양으로 옮김에 따라 단군신화와 주몽신화 사이에 교섭이 이루어졌으며, 고려가 고구려의 후예를 자처하면서 서경을 중요시한 결과 단군신화가 민족 전체의 신화로 발전하였다는 견해를 밝혔다.[6]

2) 1980년대의 단군신화 연구

이 시기는 해방 이후 한동안 약화되었던 단군에 대한 관심이 다시 고조되기 시작한 때이다. 안호상, 문정창, 박시인 등 재야 사학자들은 고대사 연구와 교육이 일제 식민사학의 영향에서 벗어나지 못하고 있다며 소송도 불사할 정도의 강력한 활동을 펼친다. 이들은 주로 『규원사화』, 『단기고사』, 『환단고기』 등 대종교 계통의 역사서에 바탕하여 단군조선이 역사적 실체였다고 주장했다. 이에 대해 역사학계에서는 이들 역사에의 사료적 가치에 의문을 제기하며 보다 엄밀한 학문적 연구의 필요성을 강조한다.

먼저 김두진은 단군신화가 내용상 신화와 역사의 두 부분으로 이루

---

6) 이기백 「단군신화의 문제점」『한구고대사론』, 탐구신서 75, 1975 (참조)

어져 있기 때문에 신화 부분에는 고조선 이전의 생활 풍습이나 신앙 등이 응축되어 있으며, 역사 부분에서는 고조선 지배자의 관념체계라는 면에서 이해해야 한다고 주장한다. 따라서 단군 신화에는 곰이나 범을 숭배하는 토착 씨족 사회에 보다 우수한 문화를 가지고 이주해 온 환웅족과의 문화 복합 과정이 신화에 반영되어 있다고 한다. 고조선은 청동기 초기의 성읍국가인데 아직도 신석기 시대의 공동체적 혈연의식이 잔존하였으며, 샤머니즘에 기반한 제정일치의 정치형태를 지니고 있었던 점 등이 단군신화에 반영됐다는 것이다. 환웅족은 이후 내재적인 발전 속에 지배세력의 교체를 통해 문화변혁을 경험하는데 이것이 아사달로의 천도 혹은 기자의 등장이라 한다.[7]

정경희는 고아시아족의 신석기 문화와 알타이=동이족의 새로운 문화 사이에 일종의 복합 문화단계를 설정하였으며, 단군의 아버지는 새였고, 단군은 제정일치 체제의 사제=왕이었음을 주장했다. 하늘에서 내려온 새가 곰과 우주나무 아래서 혼인하여 단군을 낳았으며, 단군은 샤먼이 아니라 한 손에 검을 다른 한 손엔 방울과 거울을 들고 하늘=새를 섬기던 사제이자 지배자라는 두 개의 얼굴을 가진 청동기 시대의 엘리트라는 설명이다. 신령스러운 새=하늘에 대한 신앙은 청동기 문화와 같은 중앙·북아시아와 연결되며, 단군은 역사 발전 단계로 볼 때 농경문화를 가지고 온 알타이=동이족의 소산이라

---

7) 김두진 「단군고기의 이해방향」『한국학논총』5, 1982 (참조)

한다.[8)]

이은창은 환웅과 웅녀의 결합으로 종족 통합을 이루고 단군왕검이 곧 제사장과 정치장을 겸하는 제정일치 시대로 고조선을 파악하고 있는 점에서는 차이를 보이지 않으나, 퉁구스 예맥족이 농경문화와 청동기 문화를 형성하는 시기를 기원으로 한다고하며, 단군신화가 부여, 고구려, 신라, 가야, 일본의 고대 시조설화로 발전 계승된다고 주장한다. 따라서 한국과 일본은 동일 신화문화권을 형성한다고 한다.[9)]

이 시기에 설문을 통하여 한국인들의 단군신화에 대한 인식을 분석한 연구가 등장하였다. 필자는 한동환으로 교육 현장에서 역사 교육을 담당하던 교사였다. 그는 민족 주체성의 확립이라는 측면에서 역사 교육이 담당하는 문제점, 즉 학생들의 역사의식의 실상을 파악하는 것이 역사 교육의 요체라 판단하였다. 그리고 이러한 실상의 파악이 교육현장에서 역사 교육의 내용 및 방법의 방향을 제시해 주리라 판단하고, 학생(초,중,고,대) 및 교사(중등교사), 그리고 일반인들이 단군설화에 대해 어떤 의식을 갖고 있는가에 대해 설문을 통해 분석하였다.

먼저 단군신화를 역사적 사실로 보아야 할 것인가에 대해서는 대다수가 반신반의 하고 있으면서도, 역사적 가치를 부여하는 데는 87.2%

---

8) 정경희 「단군사회와 청동기문화」『한국고대사회문화연구』, 일지사, 1990 (참조)
9) 이은창 「삼국유사의 고고학적 연구-단군신화의 고고학적 고찰을 중심으로-」
  『삼국유사연구(상)』, 영남대학교 민족문화연구소, 1984 (참조)

라는 상당히 많은 수가 긍정적인 답을 하고 있다고 한다. 또한 단군을 종교의 대상으로 볼 수 있는가에 대해서는 부정적인 반응을 보이면서도, 단군을 민족의 시조로 숭상할 수 있는가와 정신적 지주로 여기는가엔 70% 이상이 긍정적인 대답을 하고 있다. 현대에도 국가 위난시 단군이 사상적 측면에서 구심적 역할을 할 수 있다는 응답은 70.6%를 차지하고 있었다. 이 논문을 통해서 1984년 당시의 한국인들은 단군신화에 역사적 사실로서 보다는 민족의 사상적·정신적 지주로서의 의의를 부여하고 있었음을 알 수 있다.[10]

이 시기의 논문 중에 한국 신화학의 '자기 식민지화'라는 관점을 명백히 드러내 주는 논문이 한편 있다. 문경현이 1985년에 발표한 「단군신화의 신고찰」(『교남사학』1)이란 논문이다. 이 논문에서 주장하는 바를 정리하면, 단군신화는 고조선 시대부터 고조선족에 의해 전승된 것이 아니라, 고려후기 몽고와의 전쟁 시기에 민중들에 의해 만들어진 애국심과 민족의식의 산물이라 한다. 단군신화는 당시의 집권계급이 만든 고려대장경과 함께 몽고 지배시기에 만든 고려의 이대(二大) 금자탑으로 규정된다. 고구려의 후계자를 자처한 고려가 당시까지 존숭하던 주몽신화를 승화시켜 고구려, 신라, 백제, 발해계를 포함한 전 민족적 공동의 國祖神으로 받들기 위해 만들어 낸 민족의식의 소산으로 본 것이다. 고구려의 주몽을 단군으로 바꾸고, 당대에 유행하

---

10) 한동환 「단군신화의 분석적 연구」, 단국대학교 교육대학원 석사학위 청구논문, 1984 (참조)

던 불교, 도교에 민간신앙까지 가미된 것으로 이해하였다. 그러나 단군신화가 고조선의 개국신화가 아니라고 해서 단군의 의미가 경시되거나 부정되어서는 안 되며, 민족의 항전 이념으로 형성된 단군신화는 훌륭한 민족유산이라 평하고 있다.

위의 주장 중에서 단군신화의 의미와 가치를 긍정한 마지막 부분을 빼면, 제 1장에서 언급한 오타 쇼우고(小田省吾)의 「소위 단군 전설에 관하여」라는 문장에서 오타가 주장한 사실과 완전히 일치하는 것을 볼 수 있다. 다른 곳이 있다면, 문경현은 단군신화가 '민중'들에 의해 만들어졌다고 하는데 반해, 오타는 '國人'들에 의해 만들어졌다고 기술한 곳이다. 그리고 단군신화에 불교와 도교, 민간신앙이 가미됐다는 주장은 이마니시 류우(今西龍)가 「檀君考」에서 주장했던 바이다.

뒤에서 자세히 논의하겠지만, 충렬왕 당시의 고려인들에게 우리가 생각하는 정도의 민족의식이나 반몽의식은 없었다는 것이 역사학계의 정설이다. 오히려 무신정권이 종식되어 새로운 태평성대를 기대했던 사실을 당시의 기록을 통해 확인해 볼 수 있을 뿐이다. 단군신화가 민족의 수난기에 민족의식을 고취하려고 만들어졌다는 일본인들의 주장은, 단군신화의 실재성과 전승을 부정하려는 의도로 만들어진 담론이다. 이 주장이 맞느냐 틀리느냐의 관점이 아니라, 이 주장 속에 함의된 의미를 간과하고 재생산하는 '민족의식'은 철저히 '식민지의식'의 속성을 지닐 수밖에 없다는 점을 간파해야 할 것이다.

3) 1990년대 이후의 단군신화 연구

90년대 이후 현재까지의 상황은 단군 연구의 최고 전성기라 해도 과언이 아닐 정도로 연구가 활발히 이루어지고 있다. 이 시기의 특징은 여전히 단군의 실체성과 고조선의 사회상을 규명하는 연구가 이루어지는 것과 동시에, 단군이 우리 민족에 있어 얼마나 큰 의의를 가지고 있는가를 강조하는 연구도 눈에 띠게 늘어나고 있는 점이다. 또한 역사·민속학적 측면에서 주로 연구되어 왔던 이전과는 달리 종교적(주로 기독교적) 측면이나, 교육적 측면에서 접근하는 등 다각적인 입장에서 단군을 이해하려는 노력이 많이 보인다.

그러나 이 시기 무엇보다도 주목해야 할 사실은 북한에서 단군릉이 발견되었고 이에 새롭게 조성되었으며, 북한이 단군에 대한 부정적인 태도에서 적극적으로 단군을 인정하고 연구도 활발히 진행하고 있는 사실일 것이다. 이와 보조를 같이 하듯이 남한에서는 90년대 후반 '단군학회'가 결성되어 현재 단군신화에 대한 연구를 주도하고 있는 새로운 현상이 나타났다.

또한 역사학자들을 중심으로 『삼국유사』에 수록된 단군신화만이 아니라, 『제왕운기』『응제시주』『세종실록』 등에 실려 있는 단군신화 텍스트에 관한 언급이 점차로 늘어나고 있는 것도 이 시기의 새로운 현상이라고 할 수 있다. 다양한 입장과 각도에서 단군신화에 접근하려는 노력이 보이지만, 결국 『삼국유사』에 수록된 단군신화를 가장 신빙성 있는 텍스트로 간주하고, 이를 중심으로 단군과 고조선의 실상을 규명하려는 태도는 여전히 변하지 않고 있음을 알 수 있다.

이전과 마찬가지로 역사학자들은 대체로 단군신화를 종족 이동과 관련하여 해석하고 있음을 볼 수 있다. 그러나 단군이 종교적 제사장과 정치적 군장을 겸하는 제정일치 사회로서의 고조선상과, 곰과 호랑이를 토템으로 해석한 최남선의 연구에서 한 치도 벗어나지 못하고 있다는 사실을 확인할 수 있다. 비교적 주목할 만한 논문으로 윤내현의 「단군신화의 역사적 해석」[11]이 있다. 이 논문에서는 고고학적 발굴 성과를 바탕으로 한반도에서의 청동기 시대의 시작을 기원전 25세기로 규정하고, 따라서 고조선은 건국과 동시에 청동기 문명을 영위한 국가라고 한다. 또한, 환인—환웅—단군으로 이어지는 연대기적 서술을 "한민족이 고조선을 건국하기까지 성장한 과정"이라고 역설하며, 민족의 기원을 고조선 이전까지 상정하고 있다. 그러나 고조선이 환웅 씨족 마을과 곰토템 씨족마을의 결합으로 이루어진 것으로 파악하고 있어, 여전히 최남선의 영향을 벗어나지 못하고 있음을 알 수 있다.

이종욱은 고려시대의 기록인 『삼국유사』와 『제왕운기』 그리고 조선시대의 기록인 『응제시주』와 『세종실록』에 수록된 단군신화의 세밀한 검토를 통해, 단군신화의 유형과 전승의 과정을 분석한 후, 단군신화에는 두 가지 유형의 전승이 존재했다고 한다. 그러나 단군의

---

11) 윤내현 「단군신화의 역사적 해석」『인문과학연구논총』, 명지대 인문과학연구소, 1995

'모친'에 관한 분석 부분에서 단군신화의 전승에 관한 인식의 혼란을 보이는데, 『제왕운기』 계통의 자료가 단군의 모친을 환인에 연결시키는 것에 대해 다음과 같은 평가를 내린다.

> 단언하기는 이르나 『제왕운기』의 기록이 신화의 내용을 크게 변경시킨 것이 아닌가 한다. 물론 이러한 변경은 당시의 시대적 상황에서 이루어진 것이라 믿어지기에 그 나름의 가치는 있을지 모르나, 신화를 통해 역사를 재구성 하려는 사람들이 자료로 다루기에는 어려운 점이 있다. 그래서 지금까지 많은 연구자들이 『삼국유사』의 단군 모친에 대한 기록을 검토해 온 데에는 나름대로 이유가 있는 것이다.[12]

아마도 이 인용문에 보이는 태도가 단군신화를 통해 한국의 고대사 체계를 세우려는 대부분의 연구자들이, 『삼국유사』와 『제왕운기』라는 텍스트를 대하는 입장일 것이다. 만일 단군신화의 텍스트로 두 가지 모두를 동등하게 인정하게 되면 '고조선'이라는 고대에 실재했던 왕조의 형성 과정이나 성격, 그리고 사회상을 규명하기는 불가능할 것이다. 『삼국유사』만을 가지고도 여러 학설이 분분한데, 『제왕운기』의 단군신화까지 동등한 위치를 가진다면 한국의 '단일한' 고대사 체계는 성립할 수가 없기 때문이다. 따라서 단군신화를 연구하는 연구자들에게 있어 『제왕운기』에 수록된 단군신화 텍스트는 '변경된 것'

---

12) 이종욱 『한국 고대사의 새로운 체계』, 소나무, 1999, 126쪽.

이어야만 했다. 일본인 연구자들이 단군을 '부정'하기 위해 『삼국유사』 이외의 텍스트를 '개작'이라 평가했듯이, 해방 후의 한국 연구자들은 단군의 존재를 '증명'하기 위해 『제왕운기』 계열의 신화 텍스트를 '변경'이라 규정한 셈이다. 결과적으로 양측이 정 반대의 견해를 주장하긴 하지만 '신화 텍스트'에 대한 인식은 양자가 공유하고 있음을 알 수 있다. 한국 신화학자들이 자신들도 인식하지 못하는 사이에 일본인 연구자들의 제국적 의식을 공유하는 형태로 한국 신화학의 '자기 식민지화'는 견고히 되어가고 있었던 것이다. 이에 관한 논의는 뒤에서 상세히 다루도록 한다.

　해방 후의 단군신화 연구를 개략적으로 살펴보았다. 결국 최남선이 일본인 연구자들의 단군 부정에 대한 반발로 시작한 단군 연구의 방법론과 인식이, 해방 후의 연구자들에게 그대로 계승되어 강력한 영향을 끼치고 있다는 사실을 확인했다. 그리고 『삼국유사』 텍스트 이외의 단군 전승을 '배제'하는 구조가 지속적으로 이어지고 있다는 사실도 확인했다. 이러한 상황 하에서 『삼국유사』의 기술을 일원화하여 단군과 고조선의 고대사가 일원적으로 체계화되고, 마치 그러한 역사가 실존했던 것과 같은 환상이 실체화되어 가는 사실도 확인했다. 그러나 이러한 인식의 밑바탕에는 최남선의 연구와 그 밑에 은폐된 일본의 제국 의식이 깔려 있으며, 따라서 단군 및 고조선의 실체화로 형성된 한민족의 아이덴티티는 최남선의 연구에서 시작되었다고 보아야 한다. 그러면 학계에서 실체화되어 가는 고대사에 대한 '환상'이 역사 교육 현장에서 어떤 식으로 이루어져 국민 전체의 '공동환상'으로 확산되는지 살펴보기로 한다.

3. 역사교과서에 기술된 단군 – 환상의 공유

최남선은 단군 연구를 통하여 '민족정신'을 탐구하려 하였다. 이 민족 정신은 중국과 인도의 문화권에 비견되는 고대 문화권으로, 고조선을 중심으로 한 '불함문화권'을 설정하고 이를 단군신화를 통해서 재구성 하려는 시도를 통해서 구체화된다. 단군에 대한 방대한 연구는 해방 후 최남선이 집필한 역사 교과서에도 잘 나타나 있다. 해방 후의 역사 교과서는 민족적 자긍심의 회복과 자주적 민족의식이라는 시대의 분위기를 반영하여 고대사가 중요하게 다루어졌다. 특히 외세의 침입을 극복해 낸 민족적 역량이 강조 되었으며, 고대사에 대한 분량이 교과서의 60% 이상을 차지하는 교과서가 많았다고 한다.[13] 특히 고대사의 시작 부분인 단군신화는 한국사의 첫장을 여는 고조선의 개국과 민족의 시조에 대한 기록으로 많은 관심을 불러 일으켰다.

최남선이 1947년 기술한 『중등국사』의 총 분량은 95쪽이며, 이 중에서 단군과 관련 있는 기사는 33줄 정도이다. 단군신화를 설명하는

---

13) 송춘영 『역사교육의 이론과 실제』, 형설 출판사, 1999, 94쪽. (참조)

부분을 인용하면 다음과 같다.

> <檀君> 檀君王儉께서 처음나라를 大同江流域의 시방 平壤
> 에 세우고 이름을 조선이라 하며 都邑을 王儉城이라 하시니 轉해
> 오기를 시방부터 4천 2백80년 전의 일이라 한다. 朝鮮 나라는 곧
> 東方에서 처음 생긴 농업국으로서 아름다운 땅에서 安定해 사는
> 동안에 道德과 文化가 進步하여 모든 다른 나라의 우러러 높임을
> 받았다.[14]

여기서는 '단군왕검'이라는 칭호의 의미에 대해서는 설명하고 있지
않으나, 건국 시기는 1947년 당시부터 4280년 전으로 명확히 제시하
고 있다. 또한 조선은 '동방에서 처음 생긴 농업국'으로 극찬하고
있으며, 조선의 도덕과 문화가 진보하여 다른 민족의 존경을 받았다고
기술하였다. 역사의 유구성과 문화의 우수성을 강조하여 민족의 자긍
심을 높이려는 의도라 사료된다. 단군의 명칭에 대해서는 '단군왕검'
으로 기술하여『삼국유사』의 기록을 따르지만 신화 자체에 대한 소개
는 간략히 끝내 버린다.

같은 시기에 이병도가 서술한『우리나라의 생활(역사)』의 단군에
관한 기술을 보면 고조선을 제정일치 시대의 제사장 겸 정치적 군장으
로 묘사하고 있다. 단군에 대한 기술은 신화의 소개 보다는 단군의

---

14) 최남선『中等國事』, 동명사, 1947

사회적 기능을 중심으로 서술하는 태도를 보여 최남선의 기술과 유사한 태도를 보인다.

　우리의 조상들이 이 땅에 들어와 오랫동안 사는 사이에, 문명이 발달됨에 따라, 남북 여러 곳에 조그마한 나라가 일어나게 되었다. 그 중에도, 지금 대동강 유역을 중심으로 하여 서북 해안지대에 일어난 고조선은 가장 문명이 앞섰고, 그 세력이 가장 컸었다. 이 나라의 위치가 중국에 가까운 만큼 그 문화의 영향과 자극을 받아 어느 다른 부족이나 사회보다도 훨씬 앞서고 뛰어났던 것이다.
　고조선 역사상에 제일 먼저 나타난 나라가 단군(檀君)조선이니, 그 시조는 곧 우리가 민족적 시조로 받드는 단군왕검(王儉)이다. 왕검은 환웅천왕(桓雄天王)의 아들이라 하여, 4282년에 서울을 지금 평양에 정하고 나라의 기초를 열었던 것이다. 천왕은 고조선 뿐 아니라, 우리 고대사회에 널리 공통되는 수호신(守護神)의 이름으로, 부락과 도시에는 반드시 천왕을 위하는 제단(祭壇=神壇), 혹은 천왕당(후의 선왕당)이 있고, 그 제사를 맡은 제주(제사장－제사장)가 있었다. 위에 말한 바와 같이, 원시사회에는 이 제주가 군장을 겸하여 그 부락 그 도시의 정치를 행하였다. 단군은 역시 이러한 제정일치(祭政一致) 시대의 군장인, 다시 말하면, 그는 환웅천왕을 조상신(祖上神) 또는 수호신으로 받들어 위하던, 고조선의 제주요 군장이시었다. 단군은 우리민족의 시조인 만큼, 그의 입국(立國)은 곧 우리 역사의 기초가 되는 것이라 하겠다. 단군조선의 중심지와 강역은, 인구의 증가(增加), 산업의 발달에 따라 변함이 있었으나, 대개는 지금 대동강유역을 근거로 하여 서북해안지대에 뻗쳐 있었던 것이다.[15]

고조선의 위치는 자신의 고조선 연구의 결과를 반영하여, 대동강을 중심으로 서북 해안에 걸쳐 있음을 주장한다. 고조선의 문명이 주변국들에 비해 앞선다고 하지만, 최남선과는 달리 고조선의 우수한 문화는 중국 문화의 영향과 자극을 받아 발전했다는 입장을 보인다. 단군에 대해서는 최남선과 동일하게 명칭을 '단군왕검'으로 하였으며, 사회적인 기능에서도 일치하고 있음을 알 수 있다. 고조선의 건국 연대도 최남선과 같이 기원전 2333년으로 밝히고 있다. 이 교과서의 특징은 '천왕'을 수호신으로 모시는 신앙이 우리 고대 사회에 공통적으로 퍼져 있었으며, 이것이 나중에 '선왕당'으로 변천되었음을 기술한데 있다.

위의 두 가지 교과서를 보면 단군신화를 우리 민족의 시조 신화로 간주하여, 한민족의 정체성을 단군신화와 고조선 사회의 발달된 문화에서 찾으려는 노력의 소산이라 할 수 있다. 이는 해방 이후의 가장 시급한 과제인 민족의 정체성 확립과 국민의식을 강화하여 근대 국가의 체제를 완비하려는 움직임의 일환이라고 볼 수 있다. 고조선의 개국연대를 확정하여 고대사를 실체화하였으며, 이에 따라 반만년의 유구한 역사를 지닌 '단일민족'이라는 실체화된 민족 개념도 교과서에 수록되게 된다.

1948년 정부가 수립된 후 1955년 각급 학교의 <교육과정>이

---

15) 이병도 『우리나라의 생활(역사)』, 동시사, 1949

공포됨으로써, 처음으로 우리 정부 차원의 교육과정이 확립되었다. 이를 제 1차 교육과정이라 한다. 제 1차 교육과정기인 1957년 발행한 최남선의 『고등국사』에는 단군신화를 신화부와 역사부로 나누어 설명하고 있으며, 신화 부분을 '환웅신화'로 서술함으로써 단군의 역사적 존재로서의 측면을 부각시키고 있다. 단군에 의한 조선 건국을 실제의 역사로 서술했으며, 후에 기자가 봉해지자 아사달에 들어가 산신이 되었다고 한다. 또한 단군은 하늘에 대한 제사를 주관하는 사제자인 동시에 정치적 군장의 역할을 수행한 것으로 해석했다.

이 건국신화에서 환웅이 인간세계에 내려와서 단군을 낳으셨다는 이야기는 즉 영도자가 하느님의 자손이라는 그들의 신념을 표시한 순전한 신화이지만, 단군왕검이 도읍을 지금 평양에 정하고 나라를 세웠다는 기록은 신화가 아니라 원사(原史)를 전설적(傳說的)으로 그렸음에 불과한 것이다.[16]

또한 고조선의 건국 연대는 '지금부터 4290년전(1957년 당시)'라고 하며 해방 직후와 같이 기원전 2333년으로 쓰고 있다. 같은 시기에 유홍렬이 서술한 『한국사』를 보면 최남선과 서술 내용에서는 일치하는 측면이 많지만, 단군신화에 대한 기본적인 인식이 상이함을 알 수 있다.

---

16) 최남선 『고등국사』, 시조사, 1957

전설에 의하면 이러한 부족국가로서 가장 먼저 알려진 나라는 이른바 단군조선(檀君朝鮮)이라 말한다. 단군의 아버지이던 환웅천왕(桓雄天王)은 하느님인 환인(桓因)의 아들로서 태백산(太伯山)에 내려와서 곰(熊)을 여자로 변하게 한 후 그와의 사이에 단군을 낳게 되니, 단군은 B.C. 2333년에 왕검성(王儉城, 평양)에 서울을 정하고 나라이름을 조선이라고 불렀다. 단군은 그 후 1천여 년 만에 때마침 은나라(殷)의 왕족으로서 그곳에 피신하여 온 이른바 기자(箕子)에게 자리를 물려주고 (B.C. 1122) 아사달(阿斯達)로 돌아가서 산신이 되었다 한다. 여기서 말하는 단군은 어디까지나 신화(神話) 속의 사람에 지나지 않으며 또한 기자가 조선의 임금으로 되었다는 전설도 뒤에 한(漢)나라가 이 지방을 차지한 후 그곳을 길이 빼앗기지 않으려는 정책에서 만들어진 것에 지나지 않는다. 그러나 주나라(周) 시대에는 대동강(大洞江)가에 조선이라는 우리 겨레의 나라가 있었음을 전설로서 알 수 있다.[17]

먼저 단군신화를 전설＝신화의 개념으로 파악하고 있는 점을 알 수 있다. '전설에 의하면'으로 서술을 시작하면서도, '신화 속의 사람에 지나지 않으며'라는 구절로 알 수 있듯이 '신화'와 '전설'을 혼동하고 있다. 이는 최남선과 달리 단군신화를 실재했던 역사로 받아 들이지 않는 태도에서 기인한 듯하다. 다만 중국의 주나라 시기에 대동강 유역에 조선이라는 우리 겨레의 나라가 있었다는 역사적 사실을 전하는 이야기로 받아들이고 있을 뿐이다. 재미있는 사실은 단군신화의

---

17) 유홍렬 『한국사』, 탐구당, 1961

실재성을 부정하면서도 고조선의 건국 연대를 최남선과 같은 기원전 2333년으로 비정하고 있다는 사실이다.

단군신화를 실재했던 역사로 보느냐 아니면 전설로 보느냐 하는 상이한 견해가 역사 교과서에서 보일 수 있었던 이유는 제 1차 교육과정 기간에는 교과서에 대한 검정 기준이 엄격하지 않았던 까닭이었다. 이러한 문제점의 보완을 목적으로 제 2차 교육과정의 교과서 검정은 강화되게 된다.

제 2차 교육과정은 5·16쿠데타 이후 전개된 정치 상황에 대한 합리성을 부여하려는 의도가 작용하여, 역사 교육의 내용에는 정부의 이념과 정책의 반영으로, 애국애족과 반공민주국가, 국제협조, 민족정신과 민족문화, 경제발전 등이 교육 목표로 내세워졌다. 이 시기 국사 교육에 있어서는 제 1차 교육과정 당시 교과서마다 달라서 문제가 되었던 용어와 학설상의 차이를 통일하려는 노력이 있었는데, 이 문제가 한편으로 교과서에 대한 국가의 통제를 강화하는 계기로 작용하기도 한다.[18]

단군신화에 대한 기술에는 역사학계의 연구 성과가 반영되어 이전의 기록과는 약간의 차이를 보이나 『삼국유사』 중심의 기술에는 변화가 없다. 먼저 이홍직의 『국사』에 기술된 단군신화에 관한 기술을 살펴보자.

---

18) 김한종 「해방 이후 국사교과서의 변천과 지배 이데올로기」 『역사비평』15, 1991년, 73쪽. (참조)

단군이 부계(父系)로 하느님의 자손이라는 것은 태양숭배(太陽崇拜)의 표현일 것이며 또 군주로서 특별한 위엄과 권위를 가진 단군이라는 말과 군장(君長)의 뜻을 가진 왕검이라는 낱말을 함께 썼음은 이 시대가 제정일치(祭政一致)의 사회였음을 말한다. 단군이 모계(母系)로는 웅녀(熊女)의 아들로 되어있는 것은 곰(熊)을 조상으로 신성하게 여기는 토템신앙(Totemism)을 나타내고 있다.[19]

단군왕검은 제정일치 시대의 군주로, 태양숭배 사상과 토템신앙의 결합으로 고조선 사회가 형성되었음을 주장한다. 이홍직은 단군신화가 고조선 시대에 성립된 신화가 아니라는 입장에서 단군신화를 연구한 인물이다. 단군신화는 신화나 설화 속에서 보이는 진실로 간주할 수 있으며, 민족의 통일된 신화는 민족이 형성되어 가면서 생겨나는 것이므로 고려시대에 고구려의 주몽 전설을 모체로 단군신화가 형성되고 이차적으로 단군과 주몽을 결부시키는 신화적 발상이 성립했다는 주장을 가지고 있다.[20] 단군신화의 고조선 발생에 대해서는 부정적인 태도를 취하지만, 단군신화가 전 민족의 신화로 형성된 시기를 밝히려는 것이 연구의 목적이었기 때문에 역시 '민족의식'을 강조하려는 목적임에는 틀림없을 것이다.

이 시기의 이병도의 교과서에는 이전에는 등장하지 않았던 새로운

---

19) 이홍직 『국사』, 동아출판사, 1969
20) 이홍직 「단군신화와 민족의 이념」『한국 고대사의 연구』, 신구문화사, 1971
    (참조)

개념이 등장하는데 바로 '천신족'과 '지신족'이란 개념이다.

> 우리의 역사도 '삼국유사'를 보면, 환인의 아들 환웅이 홍익인간의
> 이념을 갖고, 풍백·운사·우사와 무리 삼천을 거느리고 하늘로부
> 터 태백산 신단수 아래에 내려와 신시를 베풀고, 곡식·생명·질
> 병·선악·형벌 등의 여러 가지 일을 다스렸는데, 그 때 한 동굴
> 속에 살고 있던 곰이 여인으로 변하여, 환웅과 혼인하여 단군왕검을
> 낳았다 한다. 말하자면 환인의 아들 환웅은 천신족이요, 여인으로
> 변한 웅녀는 지신족으로, 이들 둘 사이에서 태어난 이가 단군이라는
> 것이다.[21]

이병도와 이홍직의 교과서에서는 단군신화의 출전문헌을 『삼국유
사』로 명기함으로써 단군신화의 역사적인 측면을 부각시키려는 목적
이 드러나고 있으며, 역사학계의 연구성과가 상당히 반영되어 단군신
화의 다양한 해석을 보여 주고 있다.

제 3차 교육과정에서 6차 교육과정까지의 국사 교과서는 이전의
검인정제에서 국정 교과서로 제도가 바뀌게 된다. 단군신화에 대한
기술에는 '천신사상'이 새로 도입되는데, '토템', '바람신', '구름신'
등의 개념이 신석기 시대에 시작되어 청동기 시대에 여러 신들을
통솔하는 천신사상이 성립되며, 천신이 내려와 고조선을 건국하였다
는 설명을 하고 있다. 단군신화가 청동기 문화를 기반으로 성립한

---

21) 이병도 『국사』, 일조각, 1971

정치 세력이 사회통합을 이루는 과정을 보여주는 것이라는 해석이다. 이 역시 1970년대의 역사학계의 연구 성과를 반영한 기술이지만, 국정 교과서로 바뀌면서 고조선의 건국 연대표가 빠진 부분은 이후 재야 사학계 주도의 국회 공청회를 불러오게 된다.

제 4차 교육과정의 국정 교과서에서는 단군 건국에 관한 출처 문헌과 건국신화로서의 의미가 각주로 처리되어 있는 점이 눈에 띤다. 그 내용은 아래와 같다.

> 단군의 건국에 관한 기록은 삼국유사, 제왕운기, 응제시주, 세종실록지리지, 동국여지승람 등에 나타나고 있다. 이와 같은 건국에 관한 내용은 세계 여러 나라에서 흔히 볼 수 있는 건국신화와 같은 유형이다. 천신의 아들이 내려와 건국하였다고 하는 단군 건국의 기록은, 우리나라의 건국과정의 역사적 사실과 홍익인간의 건국이념을 밝혀주고 있으며, 고려, 조선, 근대를 거치면서 우리민족의 전통과 문화의 정신적 지주가 되어왔다.[22]

단군신화에 관한 기록이 『삼국유사』뿐만 아니라 여러 사료에도 등장한다는 점과 처음으로 역사 교과서에 실렸다는 점이 매우 획기적이라 할 수 있다. 그러나 내용의 차이에 관해서는 전혀 소개되지 않은 상태이다. 이렇게 여러 문헌을 다룬 이유는 단군신화의 역사적인 신빙성을 높이려는 의도로 보인다. 또한 단군신화가 세계 여러 나라의

---

22) 국사편찬위원회 『국사』, 문교부, 1982

건국신화와 동일한 유형에 속하는 것으로 파악하여, 보편적인 신화체계를 갖추고 있다는 점을 강조한 점도 주목할 만한 부분이다. 각주를 통하여 단군신화의 출전과 의미를 설명하고 있기 때문에 본문에서의 내용은 매우 간략하게 이루어졌다.

삼국유사에서는 하느님의 아들인 환웅과 곰의 변신인 여인사이에서 출생한 단군왕검이 고조선을 건국하였다는 내용이 실려 있다(기원전 2333년). 단군은 제사장을 뜻하고, 왕검은 정치적 지배자를 뜻한다. 따라서, 단군 왕검은 곧 제정일치 시대의 족장이었음을 알 수 있다.[23]

한편 1980년에 국사 교과서 문제로 국회에서 공청회가 개최되었는데 그 이유는 제 3차 교육과정의 교과서에 고조선의 건국 연대가 언급되지 않은 문제를 시작으로 고대사 전반에 대한 재야 사학계의 불만이 분출한 사건이었다. 민족의 자긍심 회복이란 점에서 일반 국민들의 뜨거운 관심을 불러일으키게 되는데, 특히 문제가 되었던 고조선의 건국 문제에 대해 안호상은 다음과 같이 주장한다.

1974년에 국정교과서를 낼 적에 단군의 역사와 연대표를 빼 버렸다. 그 때부터 우리가 이 국사교과서는 망국적이고 민족 반역적이라고 떠들었더니, 작년판과 금년판에 연대기표에는 서기 2333년 전에 단군이 고조선의 임금이 되었다고 해 놓고 교과서 본문에는 단군신화

---

23) 주22) 앞의 책.

만 기록하고 단군역사는 한 마디 말도 없다. 단군의 역사적 사실에 대해서는 한 마디 말도 없고 탄생신화만 있으니 그것은 결국 단군의 실존을 부정하는 것이다. 또 교과서에는 단군조선인 고조선이 기원전 2333년에 건국되었다고 하고 그 다음에 고조선이 청동기시대에 성립되고 청동기시대는 기원전 10세기라고 했다. 이로써 단군은 자연히 부정되고 우리역사는 1300년이 없어지게 되었다.[24]

이와 같은 재야 사학계의 주장에 대해 역사학계의 입장은 다음과 같이 표현되었다.

고조선의 건국을 기원전 2333년으로 믿는 것도 문제가 있다. 세계의 모든 나라에서는 국가성립을 청동기 시대로 보는 것이 통설로 되어있다. 신석기 시대에 건국하였다는 것은 있을 수도 없는 이야기이고 인류학의 기본상식이다. 우리나라 고고학계에서는 청동기 삼한을 기원전 12세기 이상으로 볼 수는 없다고 한다. 그렇다면 고조선의 건국은 기원전 12세기 이상으로는 올라갈 수 없다는 결론이 나온다.[25]

이와 같은 파동을 겪은 후 역사학계에서는 수많은 연구 성과물을 내놓게 되었으며, 국사 교과서에서는 이 결과물들을 바탕으로 단군신화는 역사적 사실을 반영한 것이며, 고조선은 일정한 발전 단계에

---

24) 윤종영 『국사교과서 파동』, 해안, 1999, 31쪽.
25) 주24) 앞의 책, 79쪽.

도달한 사회로 정리되었다. 특히 제 5차, 6차 교육과정기의 단군신화 기술은 어느 정도 완성된 형태를 보이게 된다. 단군왕검이란 당시 지배자의 칭호이며, 고조선은 신석기 시대에서 청동기 시대로 넘어가는 과정에서 새로운 사회 질서가 성립되어 가는 과정을 반영한 것이라고 기술되었다. 출처 문헌은 각주로 처리 되었으며, 고조선의 건국 연대도 기원전 2333년으로 확정되었다. 풍백, 우사, 운사는 농경 생활의 발달을 보여주는 것으로 해석되었고, 환웅과 웅녀의 결합은 환웅 부족이 다른 부족을 통합해 가는 과정에서 곰을 숭배하는 부족과 연합해 가는 모습을 보여준다고 한다.

이상에서 살펴본 바와 같이 해방 직후의 국사 교과서부터 제 6차 교육과정의 교과서에 이르기까지 단군신화에 관련된 기술은, 당시 역사학계의 연구 성과를 반영하면서 약간의 변화는 보이지만, 최남선의 단군 연구에서 벗어나지 않고 있음을 알 수 있다. 일반인이 단군신화에 대한 내용을 비교적 구체적으로 접하게 되는 계기는 중·고등학교 시기의 국사 교과서이다. 이런 의미에서 한국인들의 통속적인 단군 신화에 대한 인식은 최남선에 의한 단군신화 연구의 결과물과 거의 일치한다고 할 수 있다. 한 가지 새로운 관점을 든다면 고고학의 발전과 함께 고조선 시대가 청동기 문화가 시작되는 단계에 이르러 농경이 발전하면서, 새로운 계급 분화와 함께 여러 부족이 통합되어 가는 과정을 그리고 있다는 점일 것이다.

역사학계에서 형성된 한국의 고대사에 대한 환상이 역사 교육을 통해 전 국민들의 '공동환상'으로 확산되는 과정을 살펴보았다. 공동 환상의 내용은 기원전 2333년에 발달된 청동기 문화와 농경문화를 가진 환웅족이 곰을 숭배하던 부족을 포함한 주변 부족을 통합하여 단군왕검이란 새로운 형태의 지배자를 중심으로 고조선이라는 우리 민족 최초의 국가를 세웠다는 것이다. 이 공동환상에 대한 필자의 견해는 고대사의 실체가 아니라 근대 한국의 신화학이 만들어 낸 새로운 '단군신화'라는 것이다. 기존의 단군신화에 대한 '합리적인' 해석이라고 생각될지 모르지만, 냉정히 생각하면 전혀 근거 없는 이야 기이기 때문이다. 탈식민지 국가인 대한민국이 새로운 형태의 국가 공동체를 형성하기 위해 민족적 아이덴티티를 필요로 했으며, 이에 적합한 '신화'를 신화학에서 만든 것이다.

이 신화가 만들어지는 데에 두 가지의 전제를 필요로 했다. 일본인 들이 단군을 부정하기 위해 동원했던 단군신화의 '부정'과 '배제'라는 방법이 방향을 달리해서, 해방 후의 한국 신화학의 새로운 '단군신화' 형성 과정에서도 그대로 재현되었다는 사실이다. 해방 후의 한국 신화 학에서 이루어 낸 모든 단군신화 연구는 누차 이야기 하지만 『삼국유 사』의 기록을 최선의 텍스트로 간주하고 이루어졌다. 일본인들이 『삼 국유사』에 수록된 단군신화를 유일한 전승으로 인정한 것은, 단군신 화가 일정한 시기에 날조된 신화라는 주장을 성립시키기 위한 논리적 조작이었다. 해방 후의 한국 신화학에서는 역사적 실체로서의 단군조 선을 증명하기 위해서 『삼국유사』의 기록이 유일한 기록이 되어야

할 필요성이 있었다. 다양한 전승을 인정하게 되면 실체로서의 고조선을 성립시킬 수 없기 때문이다. 이 과정에서『제왕운기』를 포함한 다양한 단군신화 텍스트는 '변형'된 기록이며 가장 신뢰할 만한 기록은『삼국유사』가 되어야만 했다.

또 하나 '단군왕검'이 특정 개인의 인명이 아니라 지배자의 명칭이라는 주장이 성립하기 위해서는,『삼국유사』를 포함한 근대 이전에 기록된 텍스트에 '개인으로 등장하는 단군'은 모두 부정되어야만 한다. 단군은 더 이상 신화 속의 존재가 아니며 고조선이라는 실재했던 사회의 현실적인 지배자의 명칭이 된다. 이 주장이 성립하려면 기본적으로 아사달 산에 들어가 신선이 된 '개인' 단군은 존재할 장소를 잃게 된다. 근대 이후의 한국 신화학에서 추구해 왔던 단군신화연구를 통한 민족의 아이덴티티 확립의 끝에는 '단군의 부정'이라는 역설적인 결말이 기다리고 있었던 것이다.

탈식민지의 공간인 한국에서 신화 연구를 통해 구성해 낸 민족의 정체성은 일본의 단군신화 연구의 모방에 의해 형성된 것이었으며, 결국 일본인 연구자들이 그렇게 부정하려던 단군이란 존재를 스스로 부정해 버리는 결과를 가져온 셈이 된다. 즉, 자신들도 인식하지 못하는 사이에 스스로 '자기 식민지화'해 버리는 결과를 가져온 것이 한국 신화학이었다.

4. '부정'과 '배제'를 통한 삼국유사의 正典化

유구한 역사 속에서 뛰어난 문화를 발전시켜온 민족이라는 공동환상으로서의 민족적 아이덴티티는, 단군신화의 해석을 통해 고조선의 사회상을 역사적으로 실체화시키는 작업의 과정에서 구체적인 내용을 획득할 수 있었다. 그러나 이 공동환상이 형성된 근원에는 현재는 망각된 몇 가지의 문제가 남아있다. 즉 현재 우리가 인식하고 있는 민족적 아이덴티티의 근원이 어디에 있는가 하는 근본적인 반성이 한 번도 제기되지 않은 채, 민족의 근원을 단군신화에서 찾으려는 노력을 끊임없이 반복해 왔다는 점이다.

우선 지적해야 할 것은 최남선 이후 수많은 연구자들의 연구가 연구방법의 다양함에도 불구하고, 『삼국유사』에 수록된 단군신화만을 중심으로 이루어졌다는 점이다. 실제 현존하는 단군신화 텍스트는 백여 개에 달하고 있음에도 불구하고 『삼국유사』에 수록된 단군신화만이 유일한 텍스트로 간주되어 한반도의 고대사를 규명하는 자료로 이용되고 있다.

앞서 살펴본 바와 같이 『삼국유사』에 수록된 단군신화와 같은 시기에 편찬된 『제왕운기』는 초기 일본인들이 단군신화를 연구할 당시에는 발견되지 않았다. 따라서 조선시대의 단군신화 기록은 『삼국유사』의 개작으로 규정 당하여 '배제'되어 버렸다. 만일 처음부터 『제왕운기』의 존재가 알려진 상태에서 단군신화가 연구되었더라면 어떤 결과를 가져왔을까. 역사에서 가정은 금물이지만 1930년대 『제왕운기』가 발견된 이후, 단군신화를 부정하는 일본인 연구자들의 연구가 보이지 않는 점이 무엇인가를 시사해 주지 않는가하는 심정이다.

근대 일본의 신화 연구자들이 처음부터 『제왕운기』의 단군신화 존재를 모른 채 『삼국유사』에 수록된 단군신화를 중심으로 단군신화를 부정했기 때문에, 이들 일본인 연구자들의 연구를 비판하면서 시작된 최남선의 단군신화 연구도 『삼국유사』 중심으로 연구를 진행하게 되면서, 후에 『제왕운기』가 발견된 후에도 『제왕운기』의 단군신화가 배제된다. 초기 일본인 연구자들은 『제왕운기』의 존재는 알고 있었지만 실물을 보지 못한 상태에서 연구를 했다. 최남선이 1930년대에 자신이 그토록 주장하던 '壇君'과 '檀君'의 문제를 중요시 하지 않은 이유는 오타 쇼우고가 먼저 제기했다는 이유도 있지만, 『제왕운기』의 발견으로 더 이상 이 주장의 의미가 없어졌기 때문이 아닐까.

그런데도 현대의 연구자들도 여러 가지 단군신화 텍스트 중에서 『삼국유사』에 수록된 텍스트를 가장 신뢰할 만한 텍스트로 간주하고 있다. 예를 들어 서영대는 「단군신화의 역사적 이해」(2001)에서 단군신화의 전승에 크게 네 가지 종류의 이전(異傳)이 있다고 말하며, 이 중에서 『삼국유사』의 유형을 가장 바람직한 텍스트로 꼽고 있다. 그 이유로는 기록의 연대가 가장 빠르고 단군을 가장 신비한 존재로 그리고 있으며, 내용에서도 후대의 건국신화들보다 더욱 오랜 관념 즉, 동물을 인간의 조상으로 여기는 수조신화(獸祖神話)의 요소가 보인다는 것이다.

송호정 또한 '단군의 출생과 건국 과정이 문헌 기록 당시의 관념으로 변형되지 않고 고대 고조선 당시의 전승에 가까운 것은 ≪삼국유사≫에 언급된 단군 신화이다. 나머지 유형은 ≪삼국유사≫에 인용된 단군 신화를 저술 당시의 관념으로 윤색한 것들이다.'26)라며, 『삼국유사』의 기록을 가장 가치있는 기록으로 평가하고 있다.

『삼국유사』에 수록된 단군신화가 원형에 가장 근접한 형태를 유지하고 있다는 연구자들의 판단을 뒷받침할 근거는 하나도 없다. 그럼에도 불구하고 이러한 판단들이 받아들여지는 것은 『삼국유사』라는 텍스트가 가진 권위에 의해 나타나는 현상들이다. 즉, 『삼국유사』는 국가에서 편찬한 '正史'는 아니지만, 『삼국사기』에는 보이지 않는 우리 민족의 고대 역사가 기록된 最古의 역사서라는 평가와, 근대 이후 한민족의 아이덴티티를 구성하는 근거로서의 위치가 『삼국유사』에 권위를 부여한 것이다.

그러나 『삼국유사』가 정전으로서의 위치를 부여받은 것은 그리 오래되지 않은 일이다. 조선시대만 하더라도 그리 많이 읽히지도 않았던 것으로 사료되는데, 그 이유는 현재 남아있는 가장 오래된 '경덕본'이 간행될 중종 당시의 상황을 보면 알 수 있다. 경덕본의 발문에는 그 과정이 다음과 같이 적혀 있다.

---

26) 송호정 『단군, 만들어진 신화』, 산처럼, 2004, 120쪽.

우리 동방 삼국의 본사(本史)나 유사(遺事) 두 책이 딴 곳에서는 간행된 것이 없고 오직 본부(本府－경주부: 인용자 주)에만 있었다. 세월이 오래 되매 닳아 없어져 한 줄에 알아볼 수 있는 것이 겨우 4,5자 밖에 되지 않는다. －중략－ 이에 이 책을 다시 간행하려 하여 완본을 널리 구하기를 몇 해가 되어도 이를 얻지 못했다. 그것은 일찍이 이 책이 세상에 드물게 유포되어 사람들이 쉽게 얻어 보지 못했다는 것을 알 수 있다.[27]

경덕본이 간행된 후의 유통 상황에 대해서는 명확히 연구된 바가 없으나, 조선이 유교를 국시로 하고 있었다는 점과 합리적이지 못한 서적이라는 이유로 별로 읽히지 못했으리라 사료된다. 실제로 안정복은 『동사강목』에서 『삼국유사』를 언급하며, '불교의 원류를 전하기 위한 책'으로 평가하며 이 책의 내용을 '이단의 허탄한 설'이라고 평가절하 하였다. 현재 남아있는 판본의 수나 상태를 참고하더라도 조선시대에 『삼국유사』는 널리 읽히지도 않았을 뿐더러, 텍스트로서의 가치도 크게 인정받지 못했음을 짐작할 수 있다. 이로 미루어 볼 때 『삼국유사』와 여기에 실린 단군신화가 조선시대의 문인들에게 큰 영향을 미치지 못했음을 짐작할 수 있다.

『삼국유사』에 신화 텍스트로서의 가치를 최초로 부여한 것은 일본인 연구자들이었다. 일본인 연구자들은 자신들의 역사가 한국의 역사에 비해 장구하다는 주장을 펴기 위해 단군신화를 부정했지만, 역설적

---

27) 일연 『삼국유사』 발문, 이민수 역주, 을유문화사, 1974, 504쪽.

으로 이러한 행위가 『삼국유사』의 가치를 드러내는 결과를 가져왔다. 최남선은 단군신화의 부정에 반발하며 단군과 고조선에 대한 연구를 진행했을 뿐만 아니라, 『삼국유사』의 '교감본(校勘本)'을 간행하기도 했다. 1927년에는 「三國遺事解題」를 발표하며 『삼국유사』의 사료적 가치에 관한 실증 작업을 수행하였다. 시라토리가 단군신화를 부정한 근거 중의 하나가 『삼국유사』에서 인용한 '魏書'에 단군에 관한 기사가 없으며, '古記'는 존재하지 않는다는 점이었다. 이에 대하여 「삼국유사해제」에서 '삼국유사는 誕怪하기 때문에 오히려 원시신앙과 고대의 관념을 전해주고 있다.'며 고대연구에 있어서 『삼국유사』의 사료적 가치를 높게 평가하였다.

현재 한국의 연구자들에게 『삼국유사』는 『삼국사기』와 함께 한국의 고대사에 관한 사적을 알려주는 텍스트로, 『삼국사기』가 중국 역사서의 영향을 받아 간행된 기전체의 정사인데 반해, 『삼국유사』는 정사에 수록되지 않은 많은 고대 사료들을 원형에 가깝게 수록하고 있다고 간주되고 있다. 체제나 문체 면에서도 비교적 자유롭게 기술하고 있어 우리나라의 고대상을 탐구하는데 있어 『삼국사기』보다 더 큰 가치를 부여하고 있는 현실이다. 또한 대몽 항쟁기에 민족의식을 고취하기 위하여 간행하였기 때문에 『삼국사기』에는 실려있지 않은 단군신화를 포함한 우리 민족의 시조에 대한 이야기도 실려 있다는 것이다. 그러나 이러한 평가는 모두 일본인 연구자들이 단군신화를 부정하기 위하여 『삼국유사』의 가치를 '발견'하면서 시작된 것이다.

특히 대몽 항쟁기에 민족의식을 고취하기 위하여 간행하였다는 주장은, 오타 쇼우고가 단군신화를 부정하기 위하여 동원한 논리였다. 그 논리를 현재 한국의 신화 연구자들이 그대로 수용해서 사용하고 있는 셈이다.

최남선이 단군에 관한 연구를 시작한 1920년대에는 『삼국유사』이외에 단군신화가 수록된 고려시대의 텍스트인 『제왕운기』가 발굴되지 않은 상태였다. 따라서 일본인들의 연구를 반박하기 위한 자료도 일본인들이 다룬 자료와 차이가 없었으며, 그렇기 때문에 동일한 『삼국유사』의 기록을 가지고 '檀君'이냐 '壇君'이냐 혹은 사료로서 가치가 있는가 없는가가 논쟁의 중심을 차지할 수밖에 없는 상황이었다. 이 과정에서 다른 텍스트의 가치는 고려의 대상이 될 수 없었으며, 1930년대 초에 『제왕운기』가 발견되어 '檀君'이냐 '壇君'이냐 하는 논쟁이 있었으나, 이 논쟁도 『제왕운기』에 사료적 가치를 부여하지 못한 채 끝나고 말았다. 이후 『삼국유사』는 역사서로서 혹은 문학 텍스트로서 다양한 분야에서 연구되며 한민족의 아이덴티티를 보증해 주는 매우 중요한 '정전'으로서의 위치를 확고히 하게 된다.

'정전'으로 성립된 이후 『삼국유사』에는 텍스트로서의 가치 뿐만이 아니라 윤리적 가치도 부여되었다. 연구자들은 저자인 일연의 역사의식에 대해서는 비판적으로 검토할 수 있지만, 『삼국유사』에 서술된 내용을 부정하는 연구는 스스로 터부시하게 되었다.

이러한 연구자들의 '윤리적' 태도가 『삼국유사』의 가치를 재생산

하는 계기가 되었으며 권위를 더욱 높이는 결과를 가져왔다.

그러나 위에서 살펴본 바와 같이『삼국유사』의 정전화는 텍스트 자체의 가치에 의한 것이라기 보다는, 학문의 개념을 근대 이전과는 확연히 달리하는 20세기 한국과 일본의 지적 활동의 산물이라 할 수 있다. 근대 초기의 인문학이 민족의식을 창출하는 과정에서, 한편에서는 제국으로서의 아이덴티티를 추구한 결과 '부정'의 대상으로, 다른 한편에서는 민족적 아이덴티티의 근원으로 다루어지는 '부정의 부정'이라는 역사과정 속에서『삼국유사』가 새롭게 '발견'되었던 것이다.

7. 맺는 말－複數의 古代를 위하여

이상으로 근대의 한국에서 단군신화 연구를 통하여, 다양한 단군신화 텍스트 중에서『삼국유사』에 기록된 단군신화가 가장 권위 있는 신화 텍스트인양 일원화되는 과정을 살폈다. 그 근원에는 일본인들의 단군신화 부정에 대항하기 위한 최남선의 단군신화 연구가 있음을 알 수 있었다. 그러나 최남선에게는 일본인 연구자들의 연구를 비판해야 하는 동시에 민족의 시조로서 '단군'을 실체화해야 하는 두 가지 과제가 있었다. 또한 이 과제를 수행하기 위한 연구 방법은 다름 아닌 일본인 연구자들이 구축한 연구 방법론이라는 한계를 가질 수밖에 없었다. 이 과정에서 한국 신화학은 일본 신화학을 스스로의 인식체계로 내부화하게 되었으며, 내부화된 인식체계는 해방 후에도 지속적으로 재생산되어 현재에 이르게 되었다. 그 결과 백 여개의 다양한 신화 텍스트로 전승된 단군신화 중에서『삼국유사』에 수록된 단군신화만이 가장 바람직한 신화 텍스트로 일원화되었다.

『삼국유사』로 일원화된 단군신화의 해석을 통해, 고조선의 실재성을 주장하고 역사를 실체화하며, 단군왕검은 제정일치시대 지배자의 칭호라는 새로운 의미를 만들어 냈다. 이러한 고조선과 단군에 대한 '환상'은 역사 교육을 통해 전 국민들 사이의 '공동환상'으로 확산되었다. 그러나 그 결과 개인으로서의 '단군'은 깨끗이 부정되는 결과를 가져왔으며, 또한 '단군'은 식민지에서 해방된 공간에서도 끊임없이 자신의 존재를 증명해야만 하는 '불안정한' 상태를 지속해야만 했다. 왜냐하면 존재를 증명하지 못하면 부정당할 수밖에 없기 때문이다. 한국 신화학의 단군과 고조선에 대한 실재성을 주장하는 연구가 역설적으로 단군을 부정할 수 있는 공간을 계속해서 제공해 온 셈이다.

정작 단군신화를 부정하며 '단군'의 존재 증명을 강요한 시라토리는, 일본 신화의 역사성을 부정해 버리며, 존재 증명의 의무에서 해방시켜버렸다.

神典은 어떠한 책인가 하면, 우리나라의 상대에 있어서의 신념,

제도, 정치, 풍속, 습관 등의 사실을 아름답게 시적으로 그려낸 커다
란 이야기이다.28)

---

28) 白鳥庫吉 「일본 인종론에 대한 비평」「白鳥庫吉全集」, 192쪽.

_2부_
복수의 고대를 위하여

제3장
「단군」기술에 보이는 복수의 고대

1. 머리말 – 복수의 고대와 현실 역사의 개념

『삼국유사』나 『제왕운기』는 '단군'을 이야기하는 하나의 텍스트로 볼 수 있을까. 『제왕운기』의 단군신화에는 곰과 호랑이가 나오지 않으며, 당연히 쑥과 마늘을 먹고 인간이 되는 이야기도 나오지 않는다. 『삼국유사』에는 동명이 단군의 아들이며, 부루와 주몽은 이복형제로 그려진다. 이것은 신화를 기술하는 입장이 전혀 다르다고 이해해야 하지 않을까. 신화의 기술이라는 입장에서 말하면, 두 텍스트는 처음부터 각각 원하는 단군상에 차이가 있지 않았을까. 단군신화 기술에서 차이가 발생하는 것은 한편이 신화의 원형을 변형해서가 아니라, 상이한 단군을 만들려고 했기 때문이라고 간주해 보자.『삼국유사』와 『제왕운기』라는 신화 텍스트에서 볼 수 있는 것은 각각의 텍스트가 그리려고 했던 '단군'이어야만 한다. 하나가 아닌 '단군', 거기에 '복수의 고대'가 우리들을 기다리고 있다.

단군신화는 텍스트를 통해서 전승되어 왔고, 텍스트를 통해서만 만날 수 있다. 말할 필요도 없이 실존했던 '단군'과는 다른 차원에 존재한다. 따라서 단군신화의 원형은 존재하지 않으며, 존재하는 것은 텍스트가 만드는 단군신화뿐이다. 즉, 단군은 '실존했던 단군'과 '텍스트상의 단군' 그리고 현재의 '우리들이 만드는 단군'으로 다차원적으로 존재하고 있다.

제 1부에서는 근대 이후의 단군신화 연구가 단군을 스스로의 존재를 증명해야 하는 '불안정한' 존재로 규정한 사실을 지적하고, 한국의 단군신화 연구가 일본인들의 제국의 의식에서 조금도 벗어나지 못한 상태에서 진행되어 왔음을 살폈다. 단군이 실재했는가 아닌가 하는 차원에서 이루어지는 모든 논의는 '자기 식민지화'를 강화하는 과정이라는 것도 밝혀졌다. 이러한 '자기 식민지화'에서 벗어나는 길은 근대 이전의 신화 텍스트로 돌아가 텍스트에 표상된 단군과 다시 만나는 길 밖에는 방법이 없다고 생각한다. 이것이 우리들이 만들어 낸 '단군상'의 근원에 있는 것을 직시하고, 텍스트에 의해 전승되는 단군을 역사의 현실로 환원하려는 연구의 결과가 스스로 단군을 부정해 버리

는 결과를 초래한 것은 아닌지 반성할 수 있는 계기가 되리라 생각한다.

2. 『삼국유사』와 『제왕운기』의 「단군」 구현 양상

　단군에 관한 현존하는 기록으로 고려시대에 편찬된 텍스트는 『삼국유사』와 『제왕운기』가 있다. 현재 일반적인 인식으로는 『삼국유사』의 기록이 훨씬 원형에 가깝기 때문에 신빙성이 높으며, 『제왕운기』의 단군 기사는 변형된 기사로 평가되고 있는 실정이다. 그러나 이러한 평가는 일본인 연구자들이 『제왕운기』가 발견되기 이전에 『제왕운기』와 같은 계열의 텍스트를 전하고 있는 『세종실록』의 기사를 『삼국유사』의 개작으로 규정한 것에 연유하고 있다. 실제 『제왕운기』는 『삼국유사』와 같은 시기인 고려 충렬왕대에 간행되었으며, 인용하고 있는 자료도 『본기』와 『고기』로 구별되고 있으므로 상이한 두 가지의 전승을 각각 기록했다고 보는 편이 더 타당할 것이다. 이곳에서는 『삼국유사』와 『제왕운기』에 수록된 단군신화 텍스트를 동등한 전승으로 간주하는 입장에서 두 텍스트 내부에서 단군신화 기술이 어떠한 역할을 수행하는지에 초점을 두고 분석할 것이다. 먼저 『삼국유사』의 기록을 검토해 보자.

　『삼국유사』의 「기이」편에 수록된 단군의 기사를 보면 세 가지 내용으로 되어 있음을 알 수 있다. 그리고 「왕력」편의 기록까지 합하면 네 가지의 내용이 담겨있다. 먼저 『삼국유사』기술되어 있는 단군에 관한 내용을 추려보면 다음과 같다.

왕력 : 갑신년(기원전 37)에 즉위 치세는 18년간. 성은 高, 이름은 朱蒙, 혹 鄒蒙, 壇(檀)君의 아들[1]

기이 고조선(王儉조선) : <위서>(魏書)에 이렇게 말했다. "지금으로부터 2,000년 전에 단군왕검이 있었다. 그는 아사달(阿斯達; 經에는 無葉山이라 하고 또는 白岳이라고도 하는데 白州에 있었다. 혹은 또 開城 동쪽에 있다고도 한다. 이는 바로 지금의 白岳官이다.)에 도읍을 정하고 새로 나라를 세워 국호(國號)를 조선(朝鮮)이라고 불렀으니 이것은 고(高)와 같은 시기였다.

기이 고조선(왕검조선) : 또 <고기(古記)>에는 이렇게 말했다. "옛날에 환인(환인: 帝釋을 말함)의 서자(庶子) 환웅(桓雄)이란 이가 있었는데 자주 천하를 차지할 뜻을 알고 삼위태백산(三危太伯山)을 내려다보니 인간들을 널리 이롭게 해줄만 했다. 이에 환인은 천부인(天符印) 세 개를 환웅[桓雄]에게 주어 인간(人間)의 세계를 다스리게 했다. 환웅(桓雄)은 무리 3,000명을 거느리고 태백산(太伯山) 마루턱(곧 太伯山은 지금의 妙香山)에 있는 신단수(神檀樹) 밑에 내려왔다. 이곳을 신시(神市)라 하고, 이 분을 환웅천왕(桓雄天王)이라고 이른다. 그는 풍백(風伯)·우사(雨師)·운사(雲師)를 거느리고 곡식·수명

---

1) 일연 『삼국유사』, 이민수 역주, 을유문화사, 1974, 17쪽.

(壽命)·질병(疾病)·형벌(刑罰)·선악(善惡) 등을 주관하고, 모든 인간의 360여 가지 일을 주관하여 세상을 다스리고 교화(敎化)했다. 이때 범 한 마리와 곰 한 마리가 같은 굴속에서 살고 있었는데 그들은 항상 신웅(神雄), 즉 환웅에게 빌어 사람이 되어 지기를 원했다. 이때 신웅이 신령스러운 쑥 한줌과 마늘 20개를 주면서 말하기를 '너희들이 이것을 먹고 백일 동안 햇빛을 보지 않으면 곧 사람이 될 것이다' 했다.

이에 곰과 범이 이것을 받아서 먹고 삼칠일(21일) 동안 조심했더니 곰은 여자의 몸으로 변했으나 범은 조심을 잘못해서 사람의 몸으로 변하지 못했다. 웅녀(熊女)는 혼인해서 같이 살 사람이 없었으므로 날마다 단수(壇樹)밑에서 아기 배기를 축원했다. 환웅이 잠시 거짓 변하여 그와 혼인했더니 이내 잉태해서 아들을 낳았다. 그 아기의 이름을 단군왕검(檀君王儉)이라 한 것이다. 단군왕검은 당고(唐高)가 즉위한 지 50년인 경인년(庚寅年: 堯가 즉위한 元年 戊辰 년이다. 그러니 50년은 정사(丁巳)요, 庚寅이 아니다. 이것이 사실이 아닌지 의심스럽다)에 평양성(平壤城:지금의 西京)에 도읍하여 비로소 조선이라고 불렀다. 또 도읍을 백악산(白岳山) 아사달(阿斯達)로 옮기더니 궁홀산(弓忽山: 일명 方忽山)이라고도 하고 금미달(今彌達)이라고도 한다. 그는 1,500년 동안 여기서 나라를 다스렸다. 주(周)나라 호왕(虎王)이 즉위한 기묘년(己卯年)에 기자(箕子)를 조선에 봉했다. 이에 단군은 장당경(藏唐京)으로 옮겼다가 뒤에 돌아와서 아사달(阿斯達)에 숨어서 산신(山神)이 되니, 나이는 1908세 였다고 한다."[2]

---

2) 주1) 앞의 책, 50~52쪽.

기이 고구려 : <檀君記>에는 단군이 西河의 河伯의 딸과 친하여 아들을 낳아서 夫婁라고 이름 했다고 했다. 지금 이 기록을 상고해보면 解慕漱가 河伯의 딸과 사사로이 통해서 朱蒙을 낳았다고 했다. <檀君記>에는, "아들을 낳아 이름을 夫婁라 했다" 했으니 그렇다면, 夫婁와 朱蒙 배다른 형제였을 것이다.[3]

<왕력>에는 고구려의 개국자인 동명왕이 단군의 아들이라 기록되어 있으며, <고구려조>에는 『단군기』를 인용하여 단군의 아들이 '부루', 해모수의 아들이 '주몽'이며, 단군과 해모수는 모두 '하백의 딸'과 친해서 아들을 낳았다고 되어있다. 일연은 '부루와 주몽은 배다른 형제일 것이다.'라고 기술하고 있으나, <왕력>과 <고구려조>의 두 기사를 종합해서 판단한다면, 부루와 주몽은 모두 단군의 자식이며 단군과 해모수는 동일 인물로 간주할 수밖에 없다. 현재의 단군신화 연구자들은 '단군왕검'을 제정일치 시대였던 고조선 사회의 지배자의 호칭으로 간주하고 있으나, 위의 두 기사에서 보면 개인의 이름으로 사용되고 있음을 알 수 있으며, 단군과 그 후손에 대한 전승이 다양한 형태로 이루어졌던 관계로 『삼국유사』 편찬자인 일연조차도 일관성 있는 정리가 어려웠음을 짐작할 수 있다.

또한 앞에서 살펴 보았듯이 현재 한국의 역사학자 혹은 신화학자들은 『삼국유사』에 수록된 단군신화를 해석하여 고조선 사회가 신석기

---

3) 주1) 앞의 책, 72쪽.

시대에서 청동기 시대로 넘어가는 시기에 발달된 농경 기술을 가지고 이동해 온 환웅족과, 곰을 숭배하던 선주민의 결합으로 이루어진 것으로 판단하고 있다. 그러나 이런 판단은 『삼국유사』의 단군에 관한 기록 중에서도 일연이 『고기』에서 인용한 부분만을 가지고 해석한 결과이다.

다음으로 『제왕운기』에 수록된 단군 기사를 검토하면 다음과 같다.

＜전조선기(前朝鮮紀)＞
처음에 어느 누가 나라를 열었던고
석제(釋帝)의 손자로, 이름은 단군일세1)
요임금과 같은 무진년(戊辰年)에 나라 세워
순임금 시대 지나 하(夏)나라까지 왕위(王位)에 계셨도다
은(殷)나라 무정(武丁) 8년 을미년(乙未年)에
아사달산(阿斯達山)2)에 들어가서 신선이 되었으니
향국이 1천하고 스무 여덟 해인데
그 조화 상제(上帝)이신 환인(桓因)이 전한 일 아니랴.

1) 본기에 다음과 같이 적혀있다. "상제(上帝) 환인(桓因)에게 서자(庶子)가 있었으니 이름이 웅(雄)이었다. 환인이 환웅에게 말하기를, '지상의 삼위태백(三危太白)에 내려가 인간을 크게 이롭게 할지어다.'라고 하였다. 이리하여 환웅이 천부인(天符印) 세 개를 받고 귀신 3천을 거느려 태백산(太白山) 마루에 있는 신단수(神檀樹) 아래 내려왔으니 이분을 단웅천왕(檀雄天王)이라 한다." 손녀

에게 약을 먹여 사람이 되게 하여 단수신(檀樹神)과 결혼하여 아들을 낳으니 단군(檀君)이라 이름했다. 조선(朝鮮)의 땅을 차지하여 왕이 되었다.

이런 까닭에 시라(尸羅)·고례(高禮)·남북 옥저(南北沃沮)·동북부여(東北夫餘)·예(濊)와 맥(貊)은 모두 단군이 다스리던 시대였다. 1천 38년을 다스리다가 아사달산(阿斯達山)에 들어가서 신선(神仙)이 되었으니, 죽지 아니하였던 까닭이다.

2) 지금의 구월산(九月山)이다. 딴 이름은 궁홀(弓忽) 또는 삼위(三危)라 하며, 사당(祠堂)이 지금도 있다.[4]

인용문에서 보는 바와 같이 『제왕운기』의 단군신화는 『삼국유사』와 다른 계열의 전승을 토대로 쓰여진 것을 알 수 있다. 일연도 『고기』와 『단군기』라는 계열을 달리하는 자료를 인용하면서 단군에 관한 기록을 하고 있음을 알 수 있듯이, 당시 고려에는 적어도 몇 가지 계열의 단군 전승 텍스트가 존재했음을 알 수 있다.

두 기록에서 가장 차이를 보이는 점은 주인공인 단군의 탄생방식이다. 『삼국유사』에서는 일반적으로 알려진 대로 곰과 호랑이가 환웅에게 사람이 되기를 간청하지만, 환웅이 제시한 금기를 지킨 곰이 웅녀로 변화하는 이야기로 기술되어 있다. 반면 『제왕운기』에는 곰과 호랑이라는 모티브는 등장하지 않고, 단웅이 손녀에게 약을 먹여 인간으로 변하게 한 후, 단수신과 결혼시켜 낳은 아이가 단군이 된다. 현재

---

4) 이승휴 『제왕운기』, 김경수 역주, 역락, 1999, 134~136쪽.

한국의 연구자들이 고조선 사회를 구성한 부족을 환웅족과 곰족으로 판단하는 근거는 『삼국유사』의 기록을 바탕으로 하는데, 만일 『제왕운기』의 기록을 동일한 가치로 취급한다면 한국의 고대사 연구는 근본에서부터 다시 시작해야 할 처지에 놓이게 된다.

1부에서 논의 했듯이 『삼국유사』의 기록을 가장 신빙성 있는 기록으로 간주하게 된 원인은 일본인들의 단군신화 부정을 위한 논리적 조작에 있었다. 당시만 해도 『제왕운기』가 발견되기 이전의 연구였기 때문에, 시대적으로 훨씬 뒤에 간행된 조선시대의 텍스트가 개작된 것이라는 주장을 반박할 만한 근거는 존재하지 않았다. 그러나 같은 시기에 간행된 『제왕운기』가 발견됐음에도 불구하고 해방 후의 한국 신화 연구에서 『제왕운기』의 텍스트를 변형된 신화로 규정하는 태도는 문제 삼아야 할 부분이다. 신화가 변형됐다는 근거는 제시하지 않은 채로, 『삼국유사』의 기록이 가장 신빙성이 있으며 원형을 잘 보존하고 있다는 주장은 무조건적인 전제 하에서 연구가 시작되고 있음을 잘 보여주는 사례이다.

두 기록의 또 다른 차이점은 환웅의 명칭이다. 『삼국유사』에서는 '환웅' 혹은 '신웅'으로 기록하고 있으나, 『제왕운기』에서는 '환웅', '단웅' 혹은 '웅'으로 쓰여있다. 『삼국유사』에서 '신웅'이라 한 것은, 신성한 존재라는 이유로 납득할 수 있지만, 『제왕운기』에서 명칭이 바뀐 것은 의미가 다르다고 볼 수 있다. 즉, 천상에 있을 때는 '환웅'이라 칭하고 지상 세계인 삼위태백에 내려와서부터 '단웅'이라고 기록했다. 이마니시 류우(今西龍)가 단군의 모계에 해당하는 단웅의 성을 받은 사실로『세종실록』이 개작된 증거라 하였지만, 신화적 전승을 현대적인 사유로 해석하여 부정하려는 자체가 신화를 신화로 보지 않으려는 의지를 그대로 드러낸 행위라 할 수 있으므로 반박할 이유가 없다. 단지『삼국유사』의 기록과『제왕운기』의 기록에 차이가 보인다는 점을 확인하는 것이 중요하다. 단군에 대한 명칭에도 차이를 보이는데,『삼국유사』에서는 '단군왕검'으로『제왕운기』에서는 '단군'으로만 기록되어 있음을 알 수 있다.

단군이 아사달산으로 들어가 산신이 되는 이유에 대한 기술에서도 차이가 보인다.『삼국유사』에서는 주나라 무왕이 즉위한 기묘년에 기자를 조선에 봉해서 단군이 장단경으로 옮겼다가 뒤에 돌아와서 아사달산에 숨어 산신이 된 것으로 나와있다. 그런데『제왕운기』에는 1천 38년을 다스리다가 아사달산에 들어가서 신선이 되었는데 죽지 않았기 때문이라고 한다. 기자가 조선으로 온 것은 단군이 아사달산으로 들어간 지 164년 후의 일로 적었으며, '그 뒤로 1백 6십 4년 동안 부자는 있었으나 군신은 없었네.'⁵⁾라는 다른 책(본문에는 一本)의 기록을 주에서 소개하고 있다.

재미있는 점은 조선시대의 단군신화 텍스트인『응제시주』에는『삼국유사』와 같은 계열의 전승이 기록되고 있는데도, 기자가 조선으로

---

5) 주4) 앞의 책, 137쪽.

온 것은 단군이 아사달산으로 들어가고 164년 후의 일로 되어 있다는 점이다. 따라서 이 부분은 『고기』와 『본기』와는 다른 단군신화를 전승하는 텍스트가 존재했었다는 추측을 가능하게 하는 기록이라 할 수 있다. 『세종실록』에는 기자가 언제 조선으로 왔는가에 대한 기록이 남아있지 않다. 위의 네 가지 텍스트의 저본이 되는 기록은 『삼국유사』가 『고기』이며, 『제왕운기』가 『본기』, 그리고 『응제시주』가 역시 『고기』이며, 『세종실록』은 『단군고기』라고 되어 있다.

먼저, 『세종실록』이 인용한 『단군고기』는 『삼국유사』와 『응제시주』가 인용한 『고기』와는 계열을 달리한다고 볼 수 있다. 가장 중심이 되는 단군의 출생에 대한 내용이 전혀 다르기 때문이다. 『삼국유사』와 『응제시주』가 인용했다는 『고기』는 동일한 텍스트일까 하는 문제에 대해서도 동일한 텍스트로 보기에는 무리가 있다는 생각이 든다. 먼저 전술한 바와 같이 기자가 조선으로 온 시기에 대한 서술이 다르고, 또 하나 단군의 자식에 대한 기술을 보면, 『응제시주』에는 건국에 이어져 서술되는데 비해 『삼국유사』에서는 『단군기』라는 별도의 텍스트에서 인용하고 있는 것을 볼 수 있다. 환웅의 명칭에 있어서도 『삼국유사』에서는 '환웅'으로만 기록되어 있지만, 『응제시주』에는 '환은 혹은 단이라고도 한다.'라며, 『삼국유사』와는 상이한 기록을 보이고 있다.

환인에 대한 호칭에서도 차이를 보이는데 『삼국유사』에서는 '帝釋'이라 주기되어 있고, 『제왕운기』에서는 본문에는 '釋帝', 『본기』

인용문에는 '上帝'로 되어 있다. 『세종실록』과 『응제시주』에는 『제왕운기』와 같이 '上帝'로 되어 있다. 동일한 『고기』를 인용하고 있는 『삼국유사』와 『응제시주』의 차이점을 보면 두 텍스트가 인용하고 있다는 『고기』에도 한 가지가 아닌 여러 계열이 존재했다고 볼 수도 있다. 여기서 강조하고 싶은 것은 조선 초기까지 『고기』와 『본기』 계열뿐 아니라 단군에 관한 기록이 남아있는 다양한 텍스트가 존재했을 가능성이 있다는 점이다.

다시 『삼국유사』와 『제왕운기』의 내용으로 돌아가 보면, 단군이 다스리던 영역이 『삼국유사』에는 평양성, 백악산, 장당경을 주변으로 한 지역이라는 사실을 확인할 수 있다. 그러나 『제왕운기』에는 '시라·고례·남북 옥저·동북부여·예와 맥은 모두 단군이 다스리던 시대'로 그려져 있다. 그런데 이 내용이 『세종실록』에는 '단군이 다스리던 바이다.'로 되어 기록에 미묘한 차이가 나타나고 있다. 『제왕운기』에는 '檀君之壽' 인데 『세종실록』에는 '檀君之理'로 되어 있어, 확실하게 단군이 다스리던 강역으로 기록되어 있다. 이는 『제왕운기』의 기록이 단군이 다스리던 강역을 나타내는 것이 아니라, 단군이 여러 나라들이 흥망하는 오랜 세월 동안 죽지 않고 생존했다는 점을 강조하려는 기사로 보는 편이 타당하다고 사료된다.

단군의 후손에 대한 기사에도 명백한 차이를 보이는데, 『삼국유사』에는 <고구려조>에 단군이 비서갑 하백의 딸과 친해져 아들을 낳았는데 이름을 '부루'라 했다는 기록이 보인다. 『제왕운기』에는 단군의 자식에 대한 기사는 『단군본기』를 인용하여 『삼국유사』와 동일한 기록을 남기고 있다. 특이한 것은 다음과 같이 한반도에 존재했던 왕조의 임금들과 단군을 혈연으로 연결시키고 있다는 점이다.

> 저마다 나라 세워 서로를 침략하니
> 칠십여 나라이름 증명할 것 있으랴.
> 그중에서 어느 것이 가장 큰 나라던고
> 맨 먼저 부여(扶餘)와 비류국(沸流國)을 일컫고
> 다음으로 신라(新羅)와 고구려(高句麗)가 있으며
> 남북의 옥저(沃沮)와 예맥(濊貊)이 다음이네
> 이들의 임금은 누구의 후손 인고,
> 대대로 이은 계통 단군에서 전승 됐네[6]

단군 이후의 모든 왕조의 임금이 단군과 혈연적으로 연결되어 있다는 기술은 이전의 텍스트에서 인용한 부분이 아니라, 자신이 지은 시의 본문 내용이므로 이승휴 개인의 사유라고 해야 한다. 여기에서 이승휴가 그리려 한 고대상의 단면을 엿볼 수 있다. 『삼국유사』에도 일연의 개인적인 사유가 단군의 자식에 대한 내용을 기술한 직후에, 단군의 아들인 '부루'와 '주몽'을 배다른 형제로 인식하고 있는 부분이다. 게다가 <왕력>에서는 동명왕이 단군의 아들이라는 기록마저 남기고 있다. 이 역시 일연이 추구하는 고대상의 일단이 드러난 곳이라

---

6) 주4) 앞의 책, 142~143쪽.

할 수 있다. 이에 대해서는 뒤에서 자세히 논하도록 한다.

이상에서 확인했듯이 『삼국유사』와 『제왕운기』는 단군신화의 기록에 있어 상당한 차이를 보이고 있다. 현대의 연구자들이 『제왕운기』의 텍스트는 많은 변형을 가한 것으로 판단하여 『삼국유사』의 기록에 신빙성이 있다고 평가하지만, 어떠한 근거도 없는 판단이라는 점은 전 장에서 논했다. 신화는 텍스트로 전승하는 장르이기 때문에 텍스트 이외의 요소로 텍스트에 대한 선입견을 가져서는 텍스트에 대한 정당한 평가가 불가능 할 것이다. 『삼국유사』와 『제왕운기』에는 단군신화 이외에 동일한 설화가 다른 방식으로 기록된 예가 하나 있다. 이 설화의 기술 방식을 분석하여 두 텍스트의 근본적인 차이를 살펴보도록 한다.

3. 『삼국유사』와 『제왕운기』의 기술방식 차이
─ 왕건 탄생 설화를 둘러싸고

고려를 건국한 태조 왕건이 탄생하는 과정이 『제왕운기』에 실려 있는데 다음과 같다.

성골장군(聖骨將軍)의 손자 집에
어질고 아리따운 딸 있었네.
마침내 결합하여 맺어 경강(景康)을 낳았는데

활 잘 쏘기 견줄 이 전혀 없어
천자(天子)의 아버지 뵈옵고자
상인의 배에 몸을 싣고
바다 중앙(中央)에 이르자
배가 맴돌며 머물도다
상인들 그 까닭 괴이히 여겨
점괘(占卦)도 치고 의논도 하여
외바위에 부축해 놓아두니
날랜 매처럼 배는 빨리 지나간다.
곧바로 용왕이 나타나서
성심으로 그 까닭을 말한다.
고약한 늙은 들여우가
때때로 여기 와서

부처의 위엄거짓 부려
요망한 경문(經文)으로 설법하면
나는 곧 두통(頭痛)나니
이 근심 감당하기 어렵네.
원컨대 그대는 신궁(神弓)을 쏘아
날 위해 저 들여우 없애주소.
과연 말한 바대로
한 화살로 이를 잡았네.
수궁(水宮)으로 그를 맞아들여
장녀(長女)로 사위 삼다
금빛 돼지 청했더니

> 칠보(七寶)를 아울러주고
> 서강(西江)가에 실어 보냈다.
> 송악(松岳)에 돌아와 살았는데
> 여기서 성지(聖智)로운 아들 낳았네.[7]

고려 태조 왕건의 조부인 작제건이 아버지인 당나라의 숙종을 찾으러 중국으로 가는 도중 겪었다는 이야기를 시로 표현한 것이다. 이 설화와 동일한 이야기가 『삼국유사』의 <眞聖女大王 居拖知>조에 나온다.

이 왕 때의 아찬(阿湌) 양패(良貝)는 왕의 막내아들이었다. 당나라에 사신으로 갈 때에 후백제(後百濟)의 해적(海賊)들이 진도(津島)에서 길을 막는다는 말을 듣고 활 쏘는 사람 50명을 뽑아 따르게 했다. 배가 곡도(鵠島: 우리말로 骨大島라 한다.)에 이르니 풍랑이 크게 일어나 10여 일 동안 묵게 되었다. 양패공(良貝公)은 이것을 근심하여 사람을 시켜 점을 치게 하였더니 "섬에 신지(神池)가 있으니 거기에 제사를 지내면 좋겠습니다." 했다. 이에 못 위에 제물을 차려 놓자 못물이 한길이나 넘게 치솟는다. 그날 밤 꿈에 노인이 나타나서 양패공에게 말한다. "활 잘 쏘는 사람 하나를 이 섬 안에 남겨 두면 순풍(順風)을 얻을 것이오" 양패공이 깨어 그 일을 좌우에게 물었다. "누구를 남겨 두는 것이 좋겠소." 여러 사람이 말한다. "나무 조각 50개에 저희들의 이름을 각각 써서 물에 가라앉게 해서 제비를 뽑으

---

7) 주4) 앞의 책, 178~183쪽.

시면 될 것입니다." 공은 이 말을 좇았다.

이때 군사 중에 거타지(居陁知)의 이름이 물에 잠겼으므로 그 사람을 남겨두니 문득 순풍이 불어서 배는 거침없이 잘 나갔다. 거타지는 조심스럽게 섬 위에 서있는데 갑자기 노인 하나가 못 속에서 나오더니 말한다. "나는 서해약(西海若)이오. 이중 하나가 해 뜰 때면 늘 하늘로부터 내려와 다라니(陁蘿尼)의 주문을 외면서 이 못을 세 번 돌면 우리 부부와 자손들이 물위에 뜨게 되오. 그러면 중은 내 자손들의 간(肝)을 빼어 먹는 것이오. 그래서 이제는 오직 우리 부부와 딸 하나만이 남아 있을 뿐인데 내일 아침에 그 중이 또 반드시 올 것이니 그대는 활로 쏘아 주시오." 거타지는 말했다.

"활 쏘는 일이라면 나의 장기(長技)이니 명령대로 하겠습니다." 노인은 고맙다는 인사를 하고 물 속으로 들어가고 거타지는 숨어서 기다렸다. 이튿날 동쪽에서 해가 뜨자 과연 중이 오더니 전과 같이 주문을 외면서 늙은 용의 간을 빼 먹으려 했다. 이때 거타지가 활을 쏘아 맞히니 중은 이내 늙은 여우로 변하여 땅에 쓰러져 죽었다. 이에 노인이 나와 치사를 한다. "공의 은덕으로 내 생명(生命)을 보전하게 되었으니 내 딸을 아내로 삼기를 바라오." 거타지가 말한다. "따님을 나에게 주시고 나를 저버리지 않는 다면 참으로 원하는 바입니다." 노인은 그 딸을 한 가지의 꽃으로 변하게 해서 거타지의 품속에 넣어주고, 두 용에게 명하여 거타지를 모시고 사신(使臣)의 배를 따라 그 배를 호위하여 당나라에 들어가도록 했다. 당나라 사람은 신라의 배를 용 두 마리가 호위하고 있는 것을 보고 이 사실을 황제(皇帝)에게 말했다. 이에 황제는 말한다. "신라의 사신은 필경 비상한 사람일 게다." 이에 잔치를 베풀어 여러 신하들의 윗자리에 앉히고 금과 비단을 후하게 주었다. 본국으로 돌아오자 거타지는

꽃가지를 내어 여자로 변하게 하여 함께 살았다.[8]

『삼국유사』의 기록이 훨씬 상세하기는 하지만, 두 기록이 동일한 설화라는 데는 이견이 없을 것이다. 일연이 이 이야기를 어디에서 보고 기록했는지는 알려져 있지 않지만, 이승휴의 기록은 반드시 이전의 텍스트를 참고하여 시로 지었을 것이다. 왜냐하면, 『제왕운기』는 왕에게 바치기 위하여 지은 책이기 때문에, 고려 태조인 왕건의 조상에 관한 사항을 마음대로 변형시켜 쓸 수 없기 때문이다. 분명히 왕건의 조상들에 대한 탄생 설화가 문헌으로 존재했을 것이며, 이승휴는 이를 토대로 시를 썼음에 틀림없다.

거타지 설화가 먼저인지 아니면 왕건의 탄생설화가 먼저인지는 알 길이 없지만, 고려 시대에는 동일한 설화가 다양한 형태로 전승되고 있었다는 사실을 보여주는 사례라 할 수 있다. 이러한 사례로 작제건의 모친이 작제건의 부친인 당나라의 숙종을 만나는 장면과 김유신의 누이와 김춘추가 만나는 장면이 동일한 설화로 구성되어 있는 것을 들 수 있다. 작제건의 모친은 왕건의 4대조 보육의 2녀로 이름을 진의라 했다. 언니가 산에 올라가 소변을 보니 온 천하가 잠기는 꿈을 꾸었는데 진의가 그 꿈을 샀다는 이야기도, 김유신의 누이의 이야기와 일치하고 있다.

거타지와 작제건이 용을 도와서 여우를 물리치고 용의 딸과 결혼하

---

8) 주1) 앞의 책, 176~178쪽.

게 된 것은 활을 잘 쏘았기 때문이었다. 그러나 용을 도와준 댓가로 용의 딸을 얻은 이후의 결과는 전혀 다르게 나타나고 있음을 알 수 있다. 『삼국유사』에서는 두 용이 거타지를 모시고 사신을 호위하여 당나라에 들어간 관계로 당나라 황제로부터 신라의 사신이 환대를 받는 결과를 가져온다. 일연이 이 설화를 기록한 이유로는 망국으로 치닫고 있었던 신라이기는 하지만, 당나라에서 대접을 받는 신라의 사신 이야기를 실어 신라의 자존심을 세우려는 의도가 있었음을 짐작할 수 있다. 주인공인 거타지가 용의 딸과 결혼한 사실은 아무런 의미가 없는 사건이며 따라서 결혼 이후의 사건에 관한 기록이 보이지 않는 것이다.

반면 『제왕운기』의 기록에 등장하는 작제건이 용을 도운 댓가로 용의 딸과 결혼한 사건은 이 설화의 가장 중심적인 의미를 갖는다. 용의 딸은 작제건과 결혼하여 아들 넷을 낳았는데 그 장자가 왕건의 아버지가 된다. 즉, 작제건이 활로 여우를 쏘아 죽인 일은 왕건의 선조가 용맹하고 활쏘기에 능한 것을 증명하고 있으며, 배우자가 용의 딸이라는 사실은 왕건 집안에 신이한 권위를 부여하는 계기로 작용하고 있음을 볼 수 있다. 고려의 개국 시조로서의 왕건에 관한 권위를 강화하기 위하여 위의 설화가 기록되었을 것이며, 이러한 설화의 역할은 『제왕운기』에서도 그대로 이어지고 있다.

왕건 탄생 설화에서 또 하나 흥미로운 사실은 개국 시조에 관한 설화 가운데 최초로 인간으로서의 '아버지(父親)'가 등장한다는 점이다. 이전의 모든 신화를 보면 인간으로서의 아버지의 존재는 부정되어 왔음을 볼 수 있다. 신라나 가야의 개국 시조 혹은 성씨 시조에서처럼 아버지가 존재하지 않거나, 단군신화나 주몽신화에서처럼 아버지가 천상의 존재였음에 비해 왕건의 아버지는 보통의 인간으로 그려진다. 다만 할아버지(祖父)가 중국 귀족의 아들이며 활을 잘 쏜다는 점과, 할머니(祖母)가 용의 딸이라는 점에서 출생의 신성함을 찾고 있을 뿐이다. (시조 신화에 보이는 아버지의 '부정(否定)'의 의미에 관해서는 다른 기회에 논의하기로 한다)

이처럼 동일한 설화가 『삼국유사』와 『제왕운기』에서 전혀 상이한 의미를 가지고 텍스트 내부에서 기능하고 있음을 살펴보았다. 여기에서는 어떤 기록이 더 원형에 가깝고 어떤 기록이 더 신빙성이 있는가는 문제가 되지 않는다. 『삼국유사』의 기록은 경주 지방에서 구전으로 전승되고 있는 설화를 일연이 채록했을지도 모른다. 『제왕운기』의 기록은 왕실의 공식적인 역사서에서 가져왔을 가능성이 크다. 그러나 동일한 설화가 각각의 텍스트에서 갖는 의미가 확연히 다른 것은 누구나 알 수 있는 사실이다. 설화가 기록되는 환경에 따라 새로운 의미가 부여된다는 사실은 그리 새삼스런 주장이 아닐 것이다. 그런데 『삼국유사』와 『제왕운기』에 수록된 단군신화는 전체적으로는 동일한 구조를 가진 신화이지만 주인공의 탄생이라는 핵심적인 부분을 전혀 달리 표현하고 있음에도, 한쪽을 원형으로 다른 한쪽을 변형으로 간주하며 의미의 다양성을 부정해 오고 있는 셈이다.

4. 복수의 고대상 창출

『삼국유사』와 『제왕운기』에 공통으로 들어 있는 동일한 설화가 전혀 다른 방식으로 기술되어 있는 예를 보았다. 현재에는 전해지지 않고 있지만, 고려 시대에는 설화에 대한 다양한 종류의 텍스트가 존재했음을 짐작케 하는 사례라 할 수 있다. 단군신화 텍스트도 마찬가지로, 현존하는 텍스트 이외에도 다양한 방식으로 기록된 단군신화 텍스트가 존재했음을 알 수 있는 흔적을 『삼국유사』와 『제왕운기』의 신화 텍스트를 분석하며 발견했다. 그러면 각각의 텍스트 내부에서 단군신화는 어떤 의미를 지니며 존재하는가, 일연과 이승휴가 그려낸 고대상의 성격은 어떠한가에 대해 검토해 본다.

일연의 단군 기술은 단군과 동명, 그리고 부루와 주몽을 혈연적으로 연결시키려는 점에서 그 특징을 찾을 수 있다. <왕력>에서는 주몽이 단군의 아들로, <고구려>조에서는 주몽이 단군의 아들인 부루의 이복 동생으로 묘사되면서, 단군을 고구려의 개국자인 주몽과 혈연적으로 관계를 지우려 했다. 이는 <왕력>에 등장하는 고구려 2대 유리왕과 3대 대호신왕 그리고 4대 민중왕까지 기록된 성씨가, 주몽과 같은 '고씨'가 아니라 해부루의 '해씨'로 기록되어 있음을 보면 더욱 명확히 드러난다. 즉, 일연은 단군의 조선에서 해부루의 부여로 그리고 주몽의 고구려로 혈연적인 연속성을 그려 냄으로써, 고구려 계승을 표방한 고려의 고대상을 체계화한 것이다.

이에 반해 이승휴는 단군의 혈연적 관계를 한반도에 존재했던 모든 왕조의 임금들로 확대하였다. 고구려 뿐만 아니라 부여와 비류국, 신라, 그리고 남북 옥저와 예맥의 임금이 모두 단군의 후손이라 명시하고 있다. 그러나 고구려가 '한 원제 건소(建昭) 2년 갑신해에 마한의 왕험성에 나라를 건설했네.'[9]라며 마한의 수도에 도읍을 정하였다고 하여, 고구려가 부여보다는 마한을 계승하여 건국하였다는 고대상을 구현하려 하였다. '왕검'과 '왕험(王險)'의 인식에도 차이를 보이는데, 일연은 '왕검'을 인명으로 파악했으며, 이승휴는 '왕험'을 지명으로 인식했다. 그러나 『삼국유사』의 <위만조선>조를 보면 위만 조선의 도읍을 '왕검성'이라 하여, 고려시대에는 '왕검' 혹은 '왕험'이 지명과 인명으로 동시에 전승되고 있었음을 알 수 있다. 이는 김부식의 『삼국사기』에도 '선인왕검'이라는 인명과, '王之都 王險'이라는 지명이 동시에 기록되어 있는 것을 보면 틀림없을 것이다. 현재의 연구 성과에서는 단군왕검이 인명이 아닌 지배자를 가리키는 보통명사로 규정되었지만, 근거도 빈약하고 자의적인 추측에 의한 해석일 뿐 고려 시대의 기록이나 조선시대의 기록에서는 일관되게 인명으로 그려지고 있다.

이승휴가 단군의 자손들이 한반도 전역의 왕조의 임금이 되었다고 하면서도 고구려의 도읍을 마한의 왕험성에 건설했다고 기술한 것은, 고려의 계통을 단군조선에서 기자조선으로 그리고 마한에서 고구려로

---

9) 주4) 앞의 책, 159쪽.

이어지는 역사 속에서 찾으려는 의도로 보여진다. 단군이 아사달의 산신이 된 후 164년간 부자는 있었지만 군신은 없었다는 역사인식은, 문명의 전달자로서의 기자를 부각시키려는 의도인 셈이다. 기자의 후손인 기준이 왕으로 있던 마한의 왕험성에 고구려가 나라를 건설한 것은, 위와 같은 역사 인식으로 고려의 고대상을 정립하려는 시도라 할 수 있다. 즉, 혈연적인 근원은 단군에 두면서도 문명의 근원은 기자에 두려는 이중적인 인식이 164년이란 역사의 단절을 불러온 것이다.

이처럼 『삼국유사』와 『제왕운기』에 그려진 고대의 모습은 전혀 달리 나타난다. 즉, 『삼국유사』와 『제왕운기』에는 13세기 고려인들이 추구했던 고대가 각각 상이하게 그려져 있으며, '일원화된 고대'라는 관점에서 양자의 차이를 텍스트의 변형으로 간주해 버리면 13세기 스스로의 고대를 말하려는 신화 텍스트의 의미는 영원히 상실되어 버릴 것이다. 차이가 보이는 것은 어느 한편의 텍스트가 보다 원형에 가까운 모습을 보존하고 있기 때문이 아니라, 각각 상이한 고대를 그리려 했기 때문으로 이해해야 한다. 이와 같은 인식의 연장선상에서 보면, 현재의 신화 연구는 우리들의 '고대'를 만들려는 또 하나의 노력일 뿐 결코 진실한 고대를 만날 수는 없다는 사실을 깨닫게 된다.

5. 맺는 말

앞에서 본 바와 같이 13세기의 고려인들은 두 가지 이상의 단군신화를 전승하고 있었으며, 각각의 신화는 서로 다른 고대를 이야기하고 있다. 즉, 『삼국유사』와 『제왕운기』에 그려진 '고대'는 13세기 고려인들이 추구했던 '자신들의' 고대였으며, 두 텍스트는 각각 상이한 '고대'를 묘사하고 있다고 파악해야 할 것이다. 만일 현재의 역사 인식과 같이 『삼국유사』의 기록을 원형으로 간주하고, 『제왕운기』의 기록을 파생이나 변형으로 파악하는 관점을 가지고 두 텍스트의 차이를 '하나의 고대'로 수렴한다면, 우리는 스스로의 '고대'를 이야기하려 했던 텍스트의 의미에 다가설 수 없다.

신화 텍스트 기록에 차이가 있다면 서로 다른 '고대'를 묘사하려 한 것으로 받아들여야 할 것이고, 다양한 신화 텍스트를 읽는 의미는 각각의 텍스트가 만들려고 한 그들의 '고대'가 무엇인가를 탐구하는데 두어야 할 것이다. 그곳에 '복수의 고대'가 존재하며, 그것은 실재했던 '현실의 고대'가 아니라 텍스트가 만들어 낸 다른 차원의 '고대'인 것이다.

『삼국유사』에 수록된 단군신화를 유일한 신화로 일원화하며 창출해 낸 우리들의 '고대' 또한 역사적으로 실재했던 현실의 고대가 아니라, 20세기의 우리들이 추구한 고대이다. 동어 반복이 되겠지만, 이 고대의 근원에는 근대 초기 일본의 지성과 한국의 지성 사이에 펼쳐진

치열한 지적 투쟁은 보이지만 역사의 현실로서 고조선은 존재하지 않는다. 한국 신화학과 한국 민족주의가 진정한 의미에서 일본 제국주의의 영향에서 벗어나려면, 고려 시대와 조선 시대의 다양한 단군신화가 지닌 각각의 의미를 찾아야하며 그 속에 묘사된 '복수의 고대'를 부활시키는 작업에서 시작해야 할 것이다.

신화를 고정된 실체로 인식하게 된 것은 신화 주인공을 역사적 실체로 파악하려는 근대 신화학의 인식의 산물이다. 조선시대의 단군신화 전승은 크게 네 가지의 유형으로 전승되었으나 고정된 실체로 전승되지는 않았다. 각각의 텍스트 내부에서 단군신화가 가지는 의미는 끊임없이 변화했으며 그 다양성을 밝히는 작업이야말로 한국의 신화 연구가 스스로 제도화 했던 자기 식민지화에서 벗어나는 길이 될 것이다.

제4장

신화 기술(記述)의 다양성과 신화의 의미
 － <동명·주몽계 신화>[1])의 기술(記述)을 중심으로 －

1. 머리말

이 장에서는 <동명·주몽계 신화>들을 분석하여 각각의 신화

---

1) 일반적으로 고구려의 시조인 주몽과 동명왕을 동일 인물로 간주하여, <주몽신
 화> 혹은 <동명신화>라는 용어를 사용하여 하나의 신화를 나타내고 있지
 만, 중국의 사서에는 부여의 건국주인 동명의 탄생과 건국의 과정을 그린
 신화는 <동명신화>, 고구려의 건국주인 주몽의 이야기는 <주몽신화>로
 명확히 구분되어 있다. 본고에서는 부여와 고구려의 건국주에 관한 신화를
 말할 때는 <동명신화>와 <주몽신화>로 구분하고, 고려시대에 동명과 주몽
 을 동일 인물화하여 기술된 신화를 말할 때는 <동명·주몽신화>로 표기하
 며, 이 모두를 말 할 때는 <동명·주몽계 신화>로 한다.

텍스트를 기술하는 기술자(記述者)의 입장에 따라 신화의 의미가 어떤 식으로 변별되는가를 분석해 보고자 한다. <동명·주몽계 신화>는 한반도에 존재했던 고대왕조의 시조들에 관한 건국신화 중에서 매우 특별한 위치를 차지한다. 우선 다른 신화들이 『삼국사기』나 『삼국유사』 등 한국의 몇몇 역사서에만 기록되어 있는데 비해, 중국의 사서를 포함하여 다양한 텍스트에 기록되어 있다는 사실이다. 또한, 자신들의 시조에 관하여 스스로 기록한 문장이 남아있는 유일한 신화이기도하다. 이는 신화의 초기 형태부터 완성된 형태로 발전해 가는 과정을 살필 수 있음과 동시에, 동일한 신화가 각각의 텍스트에서 어떤 의미로 작용하고 있는가를 밝혀 낼 수 있는 귀중한 자료라 할 수 있다.

<동명·주몽계 신화>에 대해서는 동명과 주몽이 동일 인물인가 하는 문제에서부터 역사적 관점·민속 신앙적 관점 등 다양한 분야에서 활발한 연구가 이루어져왔다. 그러나 신화가 실려 있는 각각의 텍스트의 '기술(記述)'을 분석해서 '기술자(記述者)'의 사상이나 세계관에 따라 신화의 의미가 어떤 식으로 변별되는지에 관한 연구는 그리 활발하지 않은 것이 사실이다. 동일한 신화라 하더라도 신화 텍스트에 따라 신화가 의미하는 바는 다양하게 나타나고 있으며, 의미의 다양성은 신화 기술의 다양성에 기인한다. 따라서 신화 자체에 고정 불변의 의미가 선험적으로 내포되어 있는 것이 아니라, 신화 텍스트를 편찬하는 담당자가 신화 텍스트의 기술을 통하여 자신의 세계관을 드러낸다고 보는 편이 타당할 것이다.

구체적으로는 중국인들이 부여의 건국 신화인 <동명신화>와 고구려 건국신화인 <주몽신화>를 어떠한 태도로 기술하였는가, 그리고 고구려인들은 자신들의 건국시조의 신화를 기술함에 있어 신화 텍스트 속에서 어떠한 세계관을 드러내고 있는가, 마지막으로 고려시대의 역사가들은 다양한 신화를 <동명·주몽신화>로 일원화하는 과정에서 자신들의 고대에 관한 인식을 어떤 식으로 드러내고 있는가를 중심으로 분석한다. 이 과정에서 표면적으로는 동일한 신화로 보이는 <동명·주몽계 신화>가 실은 다양한 의미로 기술되어 있음이 밝혀질 것이다.

2. 중국 사서에 보이는 <동명·주몽> 신화의 기술

중국의 사서에서는 부여의 건국자로서 동명을, 고구려의 건국자로서 주몽을 명확히 구분하여 기술하고 있지만, 고구려나 고려의 기록에는 고구려 건국자로서의 주몽과 동명왕이 보일 뿐, 부여의 건국자로서의 동명에 관한 기록은 보이지 않는다. 즉, 엄밀히 말하면 한국 측의 기록에는 동명왕에 관한 신화는 존재하지 않고, 주몽에 관한 신화만 존재한다고 할 수 있다. 더욱이 고려시대에는 동명과 주몽이 동일인물로 기록되어 동명과 주몽이 동일인물인가 아닌가에 관한 논쟁의 단서를 제공하기도 한다. 먼저 중국의 사서에는 동명과 주몽에 관한 기록이 각각 어떤 형태로 기술되어 있는가를 살펴본다.

1) 동명신화 – 부여의 건국신화

동명왕에 관한 최초의 기록은 후한 시대에 왕충에 의해 쓰여진 『논형(論衡)』의 「길험편(吉驗篇)」에 보인다. 왕충은 『논형』에서 戰國 諸子의 설(說)을 합리적·실증적으로 검토하였으며, 당시 지식인들의 관습적 사고와 편견을 비판하고 있다는 평가를 받고 있다. <동명신화>가 실려 있는 「길험편」에는 각종 전설과 신화가 실려 있는데, 제왕과 장상(將相)의 출현은 모두 천명이며, 그들의 탄생과 성장에는 하늘이 내린 상서로운 징조가 있다고 말하고 있다. 『논형』에 실린 <동명신화>의 전문을 인용하면 다음과 같다.

北夷의 槀離國왕의 侍婢가 임신을 하여 왕이 죽이려고 하자, 시비는 "계란 같은 큰 기운이 하늘에서 내려와서 임신하게 되었습니다." 라고 대답했다. 나중에 아이를 낳아 돼지우리에 버렸지만 돼지가 입으로 숨을 불어넣어 주어 죽지 않았다. 다시 마굿간으로 옮겨놓고는 말에 밟혀 죽도록 하였으나, 말들 역시 입으로 숨을 불어넣어 주어 죽지 않았다. 왕은 아마 상제의 자식일 것이라고 생각하여 그의 모친에게 노비로 거두어 기르게 하였고, 동명(東明)이라 부르며 소나 말을 치게 하였다. 동명의 활솜씨가 뛰어나자, 왕은 그에게 나라를 뺏길 것이 두려워 그를 죽이려고 했다. 동명이 남쪽으로 도망가다가 엄체수(俺遞水)에 이르러, 활로 물을 치니 물고기와 자라가 떠올라 다리를 만들어 주었고, 동명이 건너가자 물고기와 자라가 흩어져 추적하던 병사들이 건널 수 없었다. 그는 부여에 도읍하여 왕이 되었다. 이것이 북이에 부여국이 생기게 된 유래다.[1]

이 이야기는 부여국의 유래와 부여의 건국자인 동명왕의 탄생에서 건국까지의 과정을 보여주고 있지만, 일반적인 '시조영웅전설'과 구조적으로 일치하고 있다. 시조영웅전설은 (1)주인공의 신이(神異)한 탄생과 성장, (2)문제의 발생과 문제 해결을 위한 여행, (3)커다란 위업 달성의 구조로 되어 있다. 많은 경우 주인공의 여행에는 조력자가 동반되지만 <동명신화>에는 조력자가 보이지 않고 있는 것이 특징이라면 특징이다. 동명신화는『논형』이외에도『後漢書』「東夷列傳」의<부여국>조와,『三國志』「魏書 東夷傳」의 <부여>조,『梁書』「東夷列傳」의 <고구려>조, 그리고『北史』「列傳」의 <백제>조와『隨書』「東夷列傳」의 <백제>조에 등에 그 기록이 보인다. 주인공인 동명의 출생국의 명칭은 다르지만 동명의 모친이 그 나라 국왕의 侍婢였다는 기술은 공통적으로 보인다. 또한 父的존재가 '달걀만한 크기의 기운'이라는 것도 공통된 기술이다.

하늘의 기운을 받아 임신한 여성이 부족 혹은 국가의 시조를 낳는

---

1)『논형』「길험편」 이주행 역, 소나무, 1996, 121~122쪽.

신화를 '感精型'신화라고 하는데, 고대 漢族의 신화와 몽고·만주 등 동북아시아 지역에 분포된 신화에 많이 보인다. <감정형>신화는 <주몽신화>와 같이 주로 햇빛(日光)에 감응하여 임신을 하는 모티브가 대다수를 차지하고 있다. <동명신화>와 같이 달걀과 같은 하늘의 기운에 감응하여 임신한 예는 보이지 않지만, 검은 새(玄鳥)가 떨어뜨린 알을 삼키고 그 기운으로 임신한 예는 중국의 기록에 보인다[2]. 단 햇빛에 감응한 신화는 주로 몽고·만주 등 북방민족 사이에 분포되어 있음에 반해, 漢族의 신화는 주로 번개나 유성의 기운을 받아 임신한 예를 많이 볼 수 있다. <동명신화>의 경우 하늘에서 내려온 기운을 받아 임신한 것으로 보아 북방민족의 신화와 일맥상통하는 부분이 있지만, '달걀만한 기운'이라는 기술에는 漢族의 신화와도 어느 정도는 맥이 닿아 있다고 할 수 있다.

동명이 물고기와 자라 등의 도움을 받아 건넜다는 강의 이름은, 엄체수(掩遞水)·엄체수(淹滯水)·시엄수(施掩水) 등으로 기록마다 조금씩 차이가 나지만 이것은 전사(轉寫)하는 과정에서 생긴 혼동이라 생각된다. 단, 물고기와 자라 등이 만들어준 다리로 강을 건넌 모티브는 <동명신화>와 <주몽신화>에 공통되는 것으로, 두 신화가 매우 긴밀한 관계에 있었음을 보여주는 예라 할 수 있다.

<동명신화>의 기록 중에서 주목할 만한 것은 『梁書』의 기록이다.

---

2) 感精型 신화의 종류와 분포 그리고 분류에 관해서는 『神話と文化史』(三品 彰英, 平凡社, 1971) 참조

이곳에서는 <동명신화>가 <부여>조가 아니라 <고구려>조에 소개되어 있다. 물론 주인공인 동명은 부여를 건국한 인물로 그려지고 있지만, "고구려는 그 선조가 동명으로부터 나왔다."[3]고 하여, 고구려의 시조로서 동명을 제시하고 있는 최초의 기록이다. 후에 고구려의 시조인 주몽과 동명이 동일인으로 기술되는 단서가 되었을 가능성이 보이는 곳이다. 또한, 『北史』와 『隨書』에는 고구려의 유래를 말해주는 <주몽신화>와 부여의 유래를 말해주는 <동명신화>가 모두 실려 있는데, <동명신화>는 모두 <백제>조에 실려 동명이 백제의 선조로 기술되어 있다. 후일 백제의 시조인 온조가 주몽의 친아들이라는 고려시대의 인식의 근거가 되었을지도 모른다. 그러면, 고구려의 시조인 <주몽신화>가 중국사서에 기술된 양상을 살펴보고 그것이<동명신화>와 어떤 차이를 보이는지 살펴보자.

2) 주몽신화 - 고구려의 건국신화

<주몽신화>가 기록된 중국 측 사서 중에 가장 빠른 것은 554년에 간행된 『魏書』「列傳」의 <고구려>조이다. 연대로 보아 414년에 세워진 광개토왕 비문보다 140년이 늦다. 따라서 중국 측의 주몽신화에 대한 기술은 고구려인들의 기록이나 이야기를 참고하여 이루어졌

---

3) 『중국정사조선전 역주』1 (『梁書』「東夷列傳」), 국사편찬위원회 편, 2004, 458쪽.

을 가능성이 매우 크다. 실제로『魏書』의 기록에는 "스스로 말하기를 선조는 주몽이라 한다."[4]고 하였으며, 그 후의『周書』의 기록에도 "스스로 말하기를 '시조는 주몽인데 하백의 딸이 햇빛에 감응되어 잉태하였다.'고 한다."[5]며, 전언 형식으로 기술하고 있다. <주몽신화>에 관한 한국과 중국의 기록에서 가장 빠른 시기의 기록이 고구려인들에 의해 만들어진 광개토왕 비문이라는 점은, <주몽신화>를 분석하는데 있어 매우 중요한 점을 시사한다. 그것은 현재 남아있는 한반도 고대국가의 건국신화 중에, 자신들의 시조에 대하여 직접 기술한 유일한 신화이기 때문이기도 하지만, 가장 빠른 시기에 기술되었다는 사실이다. 이후의 기록은 모두 고구려인들의 기록을 직·간접적으로 참고할 수밖에 없기 때문에 결정적인 부분을 왜곡하거나 자의적으로 내용을 변경시키기에는 한계가 있었을 것이다.

대표적인 예가 주몽의 모친에 관한 부분이다. 현재 전해지는 모든 <주몽신화>에서 주인공인 주몽의 모친은 하백의 딸로 되어 있다. 하백은 전설상의 존재로 중국의 수신(水神)이다. 이 수신의 딸이 고구려 건국시조인 주몽의 모친이라 말하고 있다. 후일『삼국사기』이후의 고려시대의 기록에는 '하백의 딸 유화'라 하여 구체적인 이름까지 등장하게 된다. 연구자에 따라서는 '하백의 딸'과 '유화'를 별개의 존재로 논의하기도 하지만[6], 본고의 논지와는 방향을 달리하기 때문

---

4) 주4) 위의 책, 512쪽.
5) 주4) 위의 책, 599쪽.

에 언급하지 않기로 한다.

중국 수신의 딸이 건국시조의 모친이라는 주장은 명백히 시조의 출생을 신성시 하여 왕조의 정당성과 자신들의 자긍심을 높이려는 의도에서 나온 것이라 할 수 있다. 중국 측의 기록에도 주몽의 모친은 '하백의 딸'로 기술되어 있는데, 이는 앞에서 언급한 대로 고구려의 기록이나 주장을 참고하여 기록하였기 때문일 것이다. 부여의 건국시조인 동명의 모친이 '시비'에 불과한 존재로 기록된 것은 광개토왕 비문과 같은 기록을 부여인들이 가지지 못했기 때문에 중국인들이 기록하는 과정에서 왜곡했을 가능성이 크다고 볼 수 있다. 상식적으로 자신들의 왕조를 창시한 시조의 모친을 스스로 '시비'라 표현할 리가 없기 때문이다. 주몽의 모친에 관한 기록은 광개토왕 비문과 고려시대의 기록 모두에 '하백의 딸'로 묘사되어 있지만, 미묘한 차이를 보이고 있다. 이에 관해서는 고려시대의 기록을 분석하는 곳에서 다루도록 한다.

중국의 사서에 보이는 주몽의 父的존재는 모두 '日光'으로 되어 있다. 동명의 父的존재가 '달걀만한 기운'인 것과 비교해 보면, 주몽과 '하늘(天)'과의 관계가 보다 명확히 드러나 있다. 이도 역시 광개토왕 비문에 주몽을 '天帝의 아들'로 묘사한 것과 관계가 있다고 할

---

6) 이 문제에 관해서는 많은 연구가 있지만 가장 최근의 논의로, 「河伯女, 柳花를 둘러싼 고구려 건국신화의 전승문제」(이지영, 『동아시아고대학』제 13집)가 있다.

수 있다. 고구려인들이 스스로를 천제의 후손이라 칭하고 있지만, 중국인들의 사상으로는 용납하기 힘든 주장이다. 天子는 오직 중국의 황제만이 칭할 수 있는 호칭이었기 때문이다. 그러나 日光의 감응을 받아 잉태한 신화는 북방민족의 신화를 기록한 중국의 사서에도 많이 보이기 때문에 중국인들에게도 저항감이 적었으리라 사료되며, 전술한 바와 같이 전언 형식으로 기술함으로써 고구려인들이 스스로 주장하는 내용을 그대로 담는다는 태도를 보이고 있다.

<동명신화>와 <주몽신화>의 또 다른 차이점은 동명이 인간으로 태어난 데 반해, 주몽은 알로 태어났다는 점이다. 한국과 중국의 거의 모든 기록에서 주몽은 난생으로 그려지고 있지만 유일하게 『周書』에서만 난생에 관한 기록이 보이지 않는다. 다만, 『周書』의 주몽탄생에 관한 내용이 매우 짧게 축소되어 있고 또한 주몽이 인간으로 태어났다는 내용도 보이지 않는 점으로 미루어, 주몽이 난생이라는 방식을 통해 태어났다는 중국과 한국의 기록을 부정할 만한 정도의 기술은 아니라고 할 수 있다.

주몽이 동명과는 달리 난생하였다는 기록은 두 신화가 다른 계통의 신화라는 주장의 근거가 된다는 점에서 중요한 의미가 있다. 나카 미치요(那珂通世)나 이병도 등 초기의 <동명·주몽신화> 연구자들은 부여의 시조인 동명과 고구려의 시조인 주몽을 동일 인물로 파악하였으나, 이옥의 「朱蒙研究」(『韓國史研究』7, 1972) 이후의 연구에서는 두 신화를 독립적인 신화로 구별하여 논의하는 경향이 강하다. 즉,

부여 건국자인 동명의 탄생신화에는 日光에 감응하여 잉태한 '感精型'신화라는 북방계 신화의 요소만이 보이는데 반해, 고구려 건국자인 주몽신화에는 북방계의 日光感精의 요소와 남방계신화의 요소인 난생요소가 복합적으로 나타난다는 주장이다. 따라서 <동명신화>와 <주몽신화>는 별개의 건국신화로 다루어져야 하며, 동명과 주몽은 동일 인물이 아니라는 주장이다. 그러나 이 주장은 난생신화가 남방계 신화라는 미시나 아키히데(三品彰英)의 신화 분류가 타당하다는 것을 전제로 할 때만 성립할 수 있다. 물론 대다수의 난생신화가 동남아시아로부터 한반도에 걸쳐 분포되어 있지만, 몽고와 중앙아시아 지역에서도 일부 난생신화가 분포되어 있는 사실을 들어 난생신화가 남방계신화라는 주장을 부정하는 견해도 상당수 존재한다. 이 문제에 관해서 현재 상태에서 명확히 결론짓기에는 설화의 전파나 분포에 관한 연구가 지닌 한계 때문에 어려운 점이 많다. 성급한 결론 보다는 좀 더 신중한 연구가 필요한 부분이라 생각된다.

『魏書』와『北史』에 기록된 <주몽신화>는 좀 더 발전된 형태의 구조를 보이고 있다. 주몽이 부여에서 말을 기르는 일을 하였다는 내용과, 부여를 탈출하는 과정에 협력자가 등장하는 장면이 나오는 등, 구조적으로 복잡해졌으며 하나의 독립된 '이야기'로 성장하는 모습이 보인다.

중국의 사서에 보이는 <동명신화>와 <주몽신화>를 분석해 보았다. 두 신화는 일반적인 '시조영웅전설'의 기본적인 구조를 공통적으로 보이고 있다는 점에서 동일 계통의 신화라고 볼 수도 있으나, '모친의 지위'와 '父的존재' 그리고 '탄생의 형태'에서 차이를 보이고 있음을 알 수 있었다. 또한 중국의 기록만을 볼 때 동명과 주몽의 관계는, 한쪽은 부여의 건국시조로 다른 한쪽은 고구려의 건국시조로 기술되어 명확히 별개의 존재라고 볼 수 있다. 동명과 주몽에 관한 중국의 기록이 문제로 등장하는 것은, 후일 고려의 기록에 두 인물이 동일 인물로 그려진 것이 계기가 된다.

<동명신화>와 <주몽신화>가 중국의 역사 편찬자들에게 어떤 의미를 가지는지에 관한 문제는, 동일한 신화가 한국의 기록에는 어떤 방식으로 기술되어 있는가를 살펴야만 알 수 있는 문제이다. 그런데 한국의 기록에는 부여의 건국주로서의 <동명신화>는 존재하지 않으므로, 고구려인들에 의해 기록된 <주몽신화>와 중국사서에 보이는 <주몽신화>를 분석하여 의미의 차이를 살펴보도록 한다.

3. 광개토왕 비문의 주몽신화와 제국적 세계관

광개토대왕비의 정식명칭은 <國岡上廣開土境平安好太王陵碑>로 장수왕 3년(서기 414년)에 세워졌다. 비석의 내용은 세 부분으로 구성되어 있는데, 첫 부분은 고구려의 개국시조인 추모왕(鄒牟王)의 신화 및 초기 3대까지의 왕위계승, 그리고 광개토왕의 행적에 대한 간략한 기술로 되어 있다. 두 번째 부분은 광개토왕이 행한 정벌 활동을 소상히 기술하고 있다. 세 번째 부분에서는 陵碑의 수호를 위한 守墓人의 숫자와 출신지 및 그에 관계된 法令을 적어 놓았다. 고구려 건국시조인 추모는 기록에 따라 朱蒙·中牟·都慕 라고도 표기 되었는데, 광개토왕 비문에 보이는 탄생과 건국의 과정을 보면 다음과 같다.

옛적 始祖 鄒牟王이 나라를 세웠는데 (왕은) 북부여에서 태어났으며, 天帝의 아들이었고 어머니는 河伯(水神)의 따님이었다. 알을 깨고 세상에 나왔는데, 태어나면서부터 聖스러운……(5字 不明). 길을 떠나 남쪽으로 내려가는데, 부여의 奄利大水를 거쳐가게 되었다. 왕이 나룻가에서 "나는 천제의 아들이며 하백의 따님을 어머니로 한 추모왕이다. 나를 위하여 갈대를 연결하고 거북이 무리를 짓게 하여라."라고 하였다. 말이 끝나자마자 곧 갈대가 연결되고 거북이 떼가 물위로 떠올랐다. 그리하여 강물을 건너가서, 沸流谷 忽本 서쪽 山上에 성을 쌓고 도읍을 세웠다. 왕이 王位에 싫증을 내니, (하늘님이) 黃龍을 보내어 내려와서 왕을 맞이하였다. (이에) 왕은 忽本 동쪽 언덕에서 용의 머리를 디디고 서서 하늘로 올라갔다.[7]

위의 내용은 현존하는 <주몽신화>중에 가장 오래된 기록이다.

---

7) 『韓國古代金石文』제 1권, 한국고대사회연구소 편, 1992, 16∼17쪽.

중국의 사서에 보이는 고구려의 건국에 관한 기록은 앞서 보았듯이 시기적으로 후대의 것이기 때문에 고구려인들의 기록을 참조했다고 보는 것이 타당할 것이다. 부여를 건국한 동명의 이야기와 차이를 보이는 점은, 내용상의 문제도 있지만 무엇보다도 자신들의 근원에 대한 스스로의 기록이란 점에 있다고 해야 할 것이다. 즉, 중국의 사서에 남아있는 <동명신화>를 통해 부여인들의 세계관을 파악할 수 없음에 비해, 광개토왕 비문의 <주몽신화>를 통해서는 장수왕 시대의 고구려인들의 사상이나 세계관을 엿볼 수 있다는 점이다. 하지만, 비문의 내용은 장수왕대의 고구려인들이 자신들의 고대에 관한 인식을 광개토왕 비문에 기록한 것이지, 결코 고구려인들의 기록이라 해서 정확한 역사 기술이 될 수는 없다는 점은 지적해야 할 부분이다.

광개토왕 비문에 보이는 <주몽신화>에는 이전의 <동명신화>와 구조적으로는 유사하지만 근본적으로 상이한 세계관이 드러난다. 또한 광개토왕 비문의 <주몽신화>와 중국의 사서에 보이는 <주몽신화>사이에도 세계에 대한 인식에서 커다란 차이를 보이고 있다. 그것은 장수왕대의 고구려인들이 광개토왕 비문을 통하여 천하의 중심이 자신들이라 기술하고 있는 태도에 기인한다.

먼저, 주몽의 부친에 관한 기술에서 차이를 보이는데, <동명신화>에서는 '달걀만한 기운'이라 해서 父的존재가 명확하지 않으며, 이는 북방민족의 영웅탄생 신화에 보이는 모티브 중 하나이다. 그런데 광개토왕 비문에서 주몽의 부친은 '天帝'라는 구체적인 존재로 기술되어 있다. 동아시아의 사유에서 천제의 아들은 곧 '天子'를 의미하는데, 이것은 역대로 중국의 황제만을 의미하였다. 장수왕대의 고구려인들은 자신들의 시조를 천제의 아들로 기술함으로써 帝國으로서의 고구려를 상정하고, 고구려를 중심으로 한 새로운 제국적 세계를 광개토왕 비문에 구현하였다고 볼 수 있다. 이러한 세계관은 후술 하겠지만 광개토왕 비문의 곳곳에 드러나고 있다.

현존하는 한반도 고대국가의 건국시조에 관한 신화 중에, 건국시조가 천제의 아들이라고 명확히 기술되어 있는 것은 광개토왕 비문의 <주몽신화>가 유일하다[8]. 따라서 광개토왕 비문의 <주몽신화>에는 <동명신화>나 다른 <주몽신화>와는 현저하게 상이한 표현이 보이는데, 바로 주몽이 강을 건널 때 강을 보며 말하는 장면이다. <동명신화>에서는 아무런 말을 하지 않고 활로 강을 치자 물고기와 자라가 다리를 만들어 주는 것으로 되어 있다. 주몽의 경우는 강을 향해 기원을 하는데, 광개토왕 비문에는 "나는 천제의 아들이며 하백의 따님을 어머니로 한 추모왕이다. 나를 위하여 갈대를 연결하고 거북이 무리를 짓게 하여라."[9]하자 갈대가 연결되고 거북이가 다리를

---

8) 『삼국사기』와 『삼국유사』의 기록에는, 부여군에 쫓기는 주몽이 강에 이르러 강물을 보고 말할 때 자신을 '천제의 아들'이라 말하는 장면이 나오지만, 둘 다 인용형식의 표현으로 김부식이나 일연의 세계관이라 보기 힘들다. 또한 신화의 전개상 주몽은 일광에 감응한 유화가 잉태한 것으로 되었으나 해모수라는 존재를 생각하면 천자가 아니라 '천손'에 해당된다. 이러한 논리적 모순을 깨달았는지 이규보의 『동국이상국집』「동명왕편」에는 이 장면에서 주몽이 스스로를 '천손'이라 한다.

놓은 것으로 묘사되어 있다.

이 장면이 보이는 중국의 사서는 『魏書』『北史』『隨書』 등 세 곳인데, 다음과 같이 묘사되어 있다.

> 1) 위서 : 나는 태양의 아들이요, 하백의 외손이다. 오늘 도망 길에 추격하는 군사가 바싹 쫓아오니 어떻게 하면 건널 수 있겠는가?[10]
>
> 2) 북사 : 나는 태양의 아들이요, 하백의 외손이다. 지금 뒤쫓아 오는 병사들이 들이 닥치게 되었으니 어떻게 하면 건널 수 있겠는가?[11]
>
> 3) 수서 : 나는 하백의 외손이요 태양의 아들이다. 이제 어려움을 당하여 [나를]추격하는 군사가 곧 뒤쫓아 오는데, 어떻게 하면 건널 수 있겠는가?[12]

세 기록이 각각 세부적인 면에서 차이는 보이지만, 공통적으로 보이는 것은 주몽이 자신을 '태양의 아들'이라 칭한 점이다. 이는 하백의 딸이 '日光'에 감응하여 주몽을 잉태하였다는 기술에 의한 것으로 볼 수 있다. 광개토왕 비문과 비교해 볼 때 주몽이 자신의 호칭을 달리했다는 것보다 더 큰 차이는 이 장면에서의 주몽의 태도라 할 수 있다. 즉, 비문에서는 강을 향해 명령을 내리는 당당한 모습으로

---

9) 주8) 위의 책, 17쪽.
10) 주4) 위의 책, 513쪽.
11) 『중국정사조선전 역주』2, 국사편찬위원회 편, 2004, 55쪽.
12) 주12) 위의 책, 133쪽.

그려지고 있지만, 중국의 사서에서는 어찌할 바를 모르는 상태에서 단지 기원하는 수동적인 의미를 풍기는 문장으로 기술되어 있다. 언뜻 보면 동일한 내용인 것처럼 보이지만, 실제로 의미하는 바는 엄청난 차이를 보이고 있다. 고구려인들은 자신의 시조를 자연도 자신의 의지로 부릴 수 있을 정도의 경이로운 존재로 그려내고 있는 반면, 중국의 사가들은 일반적인 영웅의 모습으로 묘사하고 있다는 점은, 동일한 내용을 기록하면서도 간과할 수 없는 세계관의 차이를 드러내고 있다고 할 수 있다. 신이한 힘을 발휘하여 위기에서 벗어난다는 점에서는 차이를 보이지 않지만, 결과적으로 신이한 힘을 지닌 주체가 누구인가 하는 점에서 차이가 나타난다. 중국의 사서에서 힘의 주체는 '태양(하늘)' 혹은 '하백'이 되지만, 광개토왕 비문에서 힘을 발휘하는 주체는 주몽 자신이 되는 것이다.

이 부분에 관한 고려시대의 기술은 중국 사서의 영향을 받은 것으로 추정된다. 고려시대의 기록에는 이 부분이 다음과 같이 되어 있다.

1) 삼국사기 : 나는 천제의 아들이요 하백의 외손으로 오늘 도망하는 중에 추자(追者)가 쫓으니 어찌하랴?[13]
2) 동국이상국집 : 천제의 손자 하백의 외손이 난을 피하여 이곳에 이르렀소. 불쌍한 고자(孤子)의 마음을 황천 후토가 차마 버리시리까. (本詩) 나는 천제의 손자요 하백의 외손인데 지금 난을

---

13) 김부식 『삼국사기』(상), 이병도 역주, 을유문화사, 1996, 330쪽.

피하여 여기에 이르렀으니 황천과 후토(后土)는 나 고자(孤子)를
불쌍히 여기시어 속히 배다리를 주소서. (註釋文)[14]
　3) 삼국유사 : 나는 천제의 아들이요 하백의 손자이다. 오늘 도망해
　　가는데 뒤쫓는 자들이 거의 따라오게 되었으니 어찌하면 좋겠느
　　냐?[15]

　위의 세 기록 모두 중국의 기록과 마찬가지로 신이한 힘을 발휘하는
주체가 주몽이 아닌 '천제' 혹은 '하백'으로 되어 있다. 『동국이상국집』
의 경우 기원을 마친 주몽이 활로 강을 내리치는 장면이 첨가되어
<동명신화>에서 동명의 행동과 같은 내용이 기술되어 있다. 그러나
활로 강을 내려치는 행위에 의해 다리가 만들어 진다고 볼 수 없는
것은, 기원의 내용이 어딘가에 호소하는 의미가 강하기 때문이다.
활로 강을 내려치는 행위가 강에 명령을 내리는 행위라 보기에는
약간 무리가 있다고 생각된다. 따라서 주몽이 위기에 처했을 때 보이는
행동에 관한 기술의 차이를 통해, 동일한 <주몽신화>의 기록임에도
불구하고 기술하는 주체의 세계관의 차이가 드러난다는 점을 알 수
있다.
　또 하나 <동명신화>나 중국의 기록에 보이는 <주몽신화>와 광
개토왕 비문의 결정적인 차이는, 비문에서는 주몽을 추격하는 병사가
존재하지 않는다는 점이다. 단지 "길을 떠나 남쪽으로 가는데...."라고

---

14) 이규보 『동국이상국집』 진단학회 편, 일조각, 2000, 194쪽.
15) 일 연 『삼국유사』 이민수 역, 을유문화사, 1994, 73쪽.

하여, 자신의 의지로 부여를 떠나 새로운 왕국을 건설하는 것으로 묘사되어 있다. 이는 시조의 모습을 '도망자'로 표현할 수 없는 고구려인들의 심정을 나타내기도 하지만, 추격자들에게 쫓기는 모습과 강을 향해 명령을 내리는 모습이 양립할 수 없기 때문에 나온 표현이라 볼 수 있다.

장수왕대의 고구려인들은 광개토왕 비문에 천하의 중심이 자신들이라는 세계상을 구현하였다. 이런 기술은 비문 곳곳에서 발견할 수 있는데, 백제와 신라를 비롯한 주변의 나라를 속국(屬國)으로 표현하며, 이들 나라에서 조공을 한다는 표현이 나오는 것이 대표적인 예라 할 수 있다. 그러나 무엇보다도 광개토왕 비문에서 주목해야 할 점은 이웃하고 있는 중국과의 관계에 관한 언급이 전혀 없다는 점이다. 광개토왕대에 중국과의 관계가 없었을 리 없는데도 불구하고 비문에 중국에 관한 기술이 없다는 점은, 중국과의 관계를 기술하는 순간 천하의 중심으로서의 고구려상을 그릴 수가 없었기 때문일 것이다. 주변국들은 모두 고구려의 속국 혹은 고구려에 조공을 하는 대상이어야만 고구려를 천하의 중심국으로 하는 제국적 질서가 성립되기 때문에, 중국은 비문에 등장해서는 안되는 것이다. 따라서 광개토왕 비문에서 중국에 관한 기술은 '의식적으로' 배제되었다고 말할 수 있다.

광개토왕 비문의 <주몽신화>는 이런 관점에서 의미를 파악해야 한다. 단순히 신화 주인공의 신이한 탄생과 그로인한 새로운 왕조 건설이라는 도식적인 관점에서 읽었을 경우, 중국의 기록에 보이는

<주몽신화> 그리고 고려시대의 기록인<동명·주몽신화>와 고구려의 기록을 모두 동일한 의미로 밖에 해석할 수 없기 때문이다.

광개토왕비는 왕의 사후에 그의 업적을 기리는 의미에서 세워진 것으로, 비문에는 광개토왕의 재위 당시의 사적을 위주로 기록되어 있다. 시조인 추모왕에 관한 기록은 역사적 사실로서의 의미보다는 광개토왕 재위시의 주변국과의 관계를 기술하는 데에 있어 정당성을 확보할 수 있는 근거로서 의미가 있다고 할 수 있다. 자신들의 시조가 '천제'의 아들이었다는 기술이, 주변국들을 속국으로 기술하고 또한 천하의 중심으로서의 고구려상을 구현할 수 있는 근거가 되는 셈이며, 따라서 광개토왕 비문의 <주몽신화>와 다른 기록들이 신화와 내용면에서는 동일하다 할지라도 의미하는 바는 근본적으로 상이하다고 말할 수 있다.

마지막으로 주몽이 '난생'의 형태로 출현하는 최초의 기록 또한 광개토왕 비문이다. 난생이 의미하는 것이 무엇인가에 관한 문제에 명확한 답을 찾기는 불가능할 것이다. 지금까지 많은 수의 논문에서 난생신화의 의미에 관해 다루었지만, 아직도 수긍할 만한 논의를 볼 수 없는 점도 기본적으로 답이 있을 수 없는 문제이기 때문이라 생각한다. 따라서 본고에서는 난생에 관한 부분에 관해서는 논의하지 않는다. 난생신화의 분포를 확인해서 문화권의 구분을 시도하려는 연구에 대해서도 많은 의문이 든다는 점을 지적하는 데서 그치고, 난생의 문제는 별도의 논고에서 다루도록 한다.

지금까지의 분석을 통해서 <동명신화>와 <주몽신화>가 별개의 신화였다는 점을 확인할 수 있었다. 또한 내용면에서는 동일한 <주몽신화>라 하더라도 중국의 기록과 광개토왕 비문의 기록이 의미하는 바는 근본적으로 상이하다는 점도 확인되었다. 그러면 고려시대의 기록에서 <동명·주몽신화>는 어떤 의미로 기술되는지 확인해 볼 차례이다.

4. 신화의 일원화
- <동명·주몽신화>

고려시대에 기록된 <동명·주몽신화>의 가장 큰 특징은 부여의 건국시조인 동명과 고구려 건국시조인 주몽이 동일 인물로 그려지고 있다는 점이다. 이 때문에 근대 이후의 신화 연구자들 사이에 동명과 주몽이 같은 인물인가 아닌가에 관해 분분한 해석을 낳게 되었다. 그러나 동명과 주몽이 동일 인물인가 아닌가 하는 문제가 의미를 갖는 것은 고려 시대의 기록 이후의 문제이지 그 이전의 문제는 아니다. 현재 남아 있는 자료들 이외의 것들을 상상하여 논의 한다면, 논의 자체도 상상의 산물에 불과하기 때문에 남아 있는 텍스트를 가지고 논의할 때 동명과 주몽이 동일 인물인가의 문제는 13세기 고려인들의 고대에 관한 인식의 문제에 귀결된다고 말할 수 있다.

고구려 건국시조인 주몽이 '동명왕'이라는 최초의 기록은 『삼국사기』「고구려 본기」<시조 동명성왕>조에 보인다. 『삼국사기』의 기록에 의하면 "9월에 왕이 돌아가니 나이 40세요 용산에 장사하고 東明聖王이라 諡號하였다."[16]고 되어 있다. 그런데 광개토왕비의 기록에는 고구려의 시조가 '추모왕'으로 되어 있어 두 기록 사이에 차이를 보이고 있다. 고구려의 2대와 3대 왕의 칭호를 두 기록에서 살펴보면, 『삼국사기』에는 2대가 '유리명왕(琉璃明王)' 3대가 '대무신왕(大武神王)'으로 되어 있으며, 광개토왕비에는 2대가 '유류왕(儒留王)' 3대가 '대주류왕(大朱留王)'으로 되어 있다. 광개토왕 비문에서 왕의 칭호는 초기 3대까지의 왕과 비문의 주인공인 광개토왕 등 모두 4명의 왕에 관한 칭호가 있다. 그리고 비문은 왕의 사후에 생전의 치적을 칭송하기 위한 기록이기 때문에 국가의 공식적인 문장이라 할 수 있다. 따라서 역대 왕의 공식적인 칭호인 시호를 사용하는 것이 타당하다. 그런데 시조인 동명성왕을 제외한 나머지 3명의 왕의 칭호는 『삼국사기』의 기록과 완전하게 일치하지는 않지만 어느 정도 유사함을 알 수 있다. 만일 시조의 공식적인 시호가 『삼국사기』의 기록처럼 '동명성왕'이었다면 고구려인들의 기록에도 어떤 형태로든 남아 있었을 것이다.

고구려인이 남긴 또 하나의 기록인 「모두루 묘지(牟頭婁 墓誌)」의 칭호를 살펴보자. 이 묘지(墓地)의 주인공은 묘지(墓誌)의 기록에 의하

---

16) 주14) 위의 책, 332쪽.

면, 광개토왕대에 북부여 방면에서 지방관으로 활약했던 인물이었으며 장수왕대에 사망한 것으로 여겨진다. 묘지의 3행부터 6행까지가 고구려의 유래를 설명하는 부분인데, 내용은 "하백의 손자이며 日月의 아들인 추모성왕(鄒牟聖王)이 북부여에서 나셨으니……"[17)로 되어 있다. 모두루 묘지에는 신하로서 고구려의 왕에게 평생 봉사하면서 왕의 은혜를 받은 사실과 자신의 조상들이 왕실과 밀접한 관계를 가져왔던 사실이 기술되어 있다. 그런데 신하로서 왕의 칭호를 기록할 때에 정식 시호를 쓰지 않고 다른 칭호를 쓴다는 것은 상식적으로 맞지 않는다. 광개토왕 비문과 모두루 묘지 두 곳 모두에서 고구려의 시조에 관한 칭호가 '추모왕'으로 되어있는 사실은, 『삼국사기』의 기록에 의문을 갖게 하기에 충분하다고 할 수 있다.

또 하나 재미있는 사실은 『삼국유사』의 기록이다. 『삼국유사』의 「고구려」조를 보면 주몽이 고구려를 세우는 과정을 기술한 뒤, <주림전(珠琳傳)>이란 중국의 저서에 나오는 <동명신화>를 소개하고 있다. 내용은 부여 건국시조인 동명에 관한 이야기이다. 여기에서는 동명이 태어난 나라의 왕이 영품리왕(寧稟離王)으로 되어있는데, 이 이야기에 관하여 일연이 다음과 같이 주석을 달았다.

　　이것은 東明帝가 졸본부여의 왕이 된 것을 말한 것이다. 이 졸본 부여는 역시 북부여의 딴 도읍이다. 때문에 부여왕이라 이른 것이다.

---

17) 주8) 위의 책, 98쪽.

영품리는 부루왕의 다른 칭호이다.[18]

『삼국유사』의 기록에 의하면 주몽이 동부여에서 도망해서 나라를 세운 곳이 '졸본주'이다. 즉, 동명과 주몽이 동일 인물이라는 주장을 성립시키기 위해서 동명이 왕이 된 부여가 사실은 졸본부여였다는 주석을 달고 있는 셈이다. 영품리왕이 부루왕의 다른 칭호라는 기술 또한 어떤 근거나 출전을 제시하지 않는다. 동명왕에 관한 일연의 기술은 일관되지 않은데, 「왕력」의 <동명왕>에 보면 '단군의 아들'로 명기되어 있다.

이상의 분석에서 보듯이 동명과 주몽이 동일 인물인가 아닌가의 문제는 고려시대의 기록에서 시작된 문제이고, 문제의 근본에는 고려인들의 고대에 관한 인식이 가로 놓여 있다는 것을 확인할 수 있다. 따라서 역사적 사실의 진위 여부보다는 다른 차원에서 접근해야만 할 문제라 생각된다.

고려시대의 <동명·주몽신화>를 보면 김부식이나 이규보의 경우 동명과 주몽이 동일 인물이며 고구려의 건국시조란 점에 어떤 의문도 갖고 있지 않음을 알 수 있다. 김부식이 『삼국사기』를 편찬할 때 참고한 중국의 서적 중에 『후한서』『삼국지』『양서』 등 <동명신화>가 기록된 서적들이 포함되어 있고, 이규보 또한 『동국이상국집』을 지을 당시 『위서』『통전』 등 중국의 서적을 읽은 것으로 되어 있다.

---

18) 주16) 위의 책, 74쪽.

그럼에도 불구하고 일연과 같이 주석을 통해 설명하지 않고 있는 것은, 동명과 주몽을 동일 인물화 시키려는 의지가 반영된 것이라고 밖에 볼 수 없다.

고려인들에 의해 기술된 <동명·주몽신화>는 부여의 건국시조인 동명과 고구려의 건국시조인 주몽을 동일 인물화 시키려는 의도 때문에 여러 가지 면에서 이중적인 내용이 보이고 있다. 예를 들면, 주인공인 주몽의 父的존재가 이중적이다. 세 가지 기록 모두 유화가 해모수와 정을 통한 후에 다시 햇빛에 감응되어 잉태하였다는 기술을 하고 있다. 주몽의 父的 存在가 천제의 아들이라 자칭하는 해모수인지 혹은 햇빛인지 신화 텍스트의 내용만으로는 알 수가 없다. 신화 주인공의 父的 존재가 이중적인 것은 세계의 어떤 신화에도 나오지 않는 매우 특이한 예에 해당 한다.

광개토왕 비문의 주몽의 부친이 '천제'라고 명확히 기술되어 있음에 비해, <동명·주몽신화>의 주몽의 父的존재는 '천제의 아들'과 '日光'의 두 가지 모티브로 구성되어 있다. 이는 중국의 기록과 고구려의 기록에 '해모수'라는 새로운 존재가 결합되어 이루어진 것으로 매우 복잡한 과정을 거쳐 신화 텍스트가 형성되었음을 말해 준다.[19]

---

19) 지병규는 「고대 건국신화의 계통적 연구」에서 부여 신화에 동명을 주인공으로 하는 중국 측 부여 신화와 해부루·해모수가 주인공으로 등장하는 한국 측 부여신화의 두 갈래가 있다고 주장하나 현재 사료가 존재하지 않는 상황에서 성급한 결론은 어렵다고 판단된다. 해부루나 해모수가 어떤 과정을 거쳐 <동명·주몽신화>에 삽입되게 되었는지에 관한 고찰은 현 단계에서 논의할 수 있는 대상은 아니다.

또 한가지 주몽의 모친인 하백의 딸 유화에 관한 기술도 미묘한 변화를 보이고 있다. <동명신화>에서 동명의 모친은 미천한 시비였으며, <주몽신화>에서는 하백의 딸이었다. 그런데 <동명·주몽신화>에서는 하백의 딸이면서 동시에 금와왕과 어떤 관계가 있는 존재로 기술되고 있다. 물론 텍스트에서는 하백의 딸인 유화와 금와왕이 직접적으로 어떤 관계인지 밝히지 않고 있으나, 금와왕이 유화를 데리고 온 점과 주몽이 금와왕의 아들들과 함께 성장한 점, 그리고 유화가 왕자와 신하들이 주몽을 살해하려는 의도를 사전에 알아차린 점 등으로 유추할 때, 유화와 금와왕은 일상적인 어떤 관계를 맺고 있었다고 볼 수 있다. 즉, 왕의 시비였던 동명의 모친과 하백의 딸인 주몽의 모친이 한 인물로 결합된 존재가 유화라는 인물이라 볼 수 있을 것이다.

한편, 이규보의 「동명왕편」에는 <동명신화>와 <주몽신화>를 결합한 흔적이 두 군데 보이는데, 하나는 주몽의 탄생에 관한 부분이고 다른 하나는 주몽이 강을 건너는 부분이다. 주몽이 탄생하는 부분의 기술을 보면 다음과 같다.

해를 품고 주몽을 낳았으니 이 해가 계해년이었다. 골상이 참으로 기이하고 우는 소리가 또한 심히 컸다. 처음에 되만한 알을 낳으니 보는 사람 모두가 깜짝 놀랐다. (本詩)[20]

---

20) 주15) 위의 책, 190쪽.

신작(神雀) 4년 계해년 여름 4월에 주몽을 낳았는데 우는 소리가 매우 크고 골상이 영특하고 기이하였다. 처음 낳을 때에 좌편 겨드랑이로 알 하나를 낳았는데 크기가 닷되 들이만하였다. (註釋文)[21]

주몽의 탄생에 관한 모든 기록이 난생으로 되어 있으나 「동명왕편」의 기술과 같이 태어난 상황을 묘사한 후에 난생에 관해 기술하는 예는 찾아 볼 수 없다. '生朱蒙'과 '生卵' 혹은 '生一卵'이 주몽 탄생의 순간에 반복되어 나타나고 있는 점은 매우 특이한 표현으로, 태생에 의한 동명의 탄생과 난생에 의한 주몽의 탄생이라는 개별적인 신화의 모티브가 결합되어 있는 흔적이라 말할 수 있다. 또 하나 주몽이 강을 건너는 순간의 행동에서도 <동명신화>와 <주몽신화>에 나타나는 장면이 중첩되어 있음을 볼 수 있는데 다음과 같이 묘사되어 있다. 내용이 중복되므로 주석문의 내용만 인용하기로 한다.

건너려 하나 배는 없고 쫓는 군사가 곧 이를 것을 두려워하여 채찍으로 하늘을 가리키며 개연히 탄식하기를, "나는 천제의 손자요 하백의 외손인데 지금 난을 피하여 여기에 이르렀으니 황천과 후토(后土)는 나 고자(孤子)를 불쌍히 여기시어 속히 배다리를 주소서." 활로 물을 치니 고기와 자라가 나와 다리를 이루어 주몽이 건넜는데 한참 뒤에 쫓는 군사가 이르렀다.[22]

---

21) 주15) 위의 책, 191쪽.
22) 주15) 위의 책, 193~194쪽.

하늘을 우러러 탄식하는 장면은 <주몽신화>의 내용이고, 활로
물을 후려치는 장면은 <동명신화>의 내용이다. 동일한 장면에서
두 가지 행위를 한꺼번에 행하는 형태로 기술되어 있는 텍스트 역시
「동명왕편」이 유일하다. 여기에서도 두 신화를 결합하는 과정에서
모티브가 중첩되고 있는 흔적을 확인할 수 있다.

그렇다면 13세기의 고려인들은 왜 동명과 주몽을 동일 인물화 하려
하였을까? 그 이유를 신화 텍스트의 내부에서 명확히 밝힐 수는 없겠
지만, 김부식과 이규보의 문장을 통해 엿볼 수는 있다. 이규보는 「동명
왕편」의 <序>에서 "시를 지어 기록하여 우리나라가 본래 성인(聖人)
의 나라라는 것을 천하에 알리고자 하는 것이다."23)라고 집필 의도를
밝히고 있다. 이 부분에서 고려의 출발을 동명왕에서 찾으려는 이규보
의 역사의식이 드러나고 있다. 또한 김부식은 「삼국사기를 올리는
글(進三國史記表)」에서 신라·고구려·백제의 삼국을 우리나라(吾
邦)로 인식하고 있음을 알 수 있다. 이런 점에 미루어 생각할 때 고려의
근원을 단지 고구려를 포함한 삼국에 국한 시키는 것이 아니라, 삼국
이전의 고대에서 찾으려는 노력의 소산이었다고 판단할 수 있다. 일연
이 『삼국유사』의 「왕력」에서 동명왕을 단군의 아들로 기술한 점도
역시 이와 같은 고대에 관한 인식에 바탕을 두고 있었기 때문이라고
할 수 있다.

---

23) 주15) 위의 책, 184쪽.

일연이 역대 고구려의 왕들과 부여와의 관계를 강조하려는 의도는 「왕력」에 구체적으로 보이고 있다. 「왕력」에는 삼국의 각 왕들의 호칭과 재위년도 등이 간략하게 적혀 있는데, 초기의 고구려 왕들의 기록에는 각각의 성씨가 기록되어 있다. 재미있는 것은 시조인 '동명왕'의 성씨는 '고(高)'씨인데 2대 유리왕(瑠璃王)부터 4대 민중왕(閔中王)까지의 성씨는 모두 '해(解)'씨로 되어 있는 점이다. 동명왕의 후손이 동명왕의 성씨인 '고'씨가 아니라, 해모수의 성씨인 '해'씨라고 기록되어 있는 데에는 일연의 어떤 의도가 개입되어 있다고 볼 수밖에 없다. 전술한 바와 같이 고구려의 왕들과 부여와의 관계를 강조함으로써, 유구한 역사적 전통 속에서 고려의 기원을 찾으려는 고려인들의 아이덴티티 모색의 결과라고 할 수 있다.

고구려의 <주몽신화>가 천하의 중심이 자신들이라는 고구려인들의 세계관을 반영한 결과로 형성된 것이라면, 고려의 <동명・주몽신화>는 자신들의 근원을 동명 이전의 고대에서 모색하려는 고려인들의 역사인식에 의하여 형성되었다고 할 수 있다. 고려의 역사가들은 주몽(동명왕)이 북부여의 왕이며 천제의 아들인 해모수의 자식이라는 기술을 통해 고구려의 시조가 천제의 자손이면서 동시에 북부여의 맥을 잇고 있다고 기술하고 있다. 이는 고려가 성인에 의해 이루어진 나라라는 점을 주장함과 동시에, 고려의 기원에 고구려 이전의 왕조인 북부여를 위치 지움으로써 그 역사의 유구성을 부각 시키려는 고려인들의 고대 인식에 의거하였기 때문이라 할 수 있다.

　동명과 주몽을 동일 인물화 시키는 과정에서 중국의 기록과 상충되는 결과가 발생한 것은 당연한 귀결이며, 일연과 같이 그 이유를 정당화 시키려는 노력도 보이지만, 당시의 고려인들은 동명과 주몽이 동일 인물이란 사실에 대해 큰 의심은 하지 않았던 것 같다. 『동국이상국집』에서는 고구려를 건국하기 이전의 기록에서는 '주몽'으로, 건국한 후의 기록에서는 '동명왕'으로 기술하고 있으며, 『삼국사기』에서는 죽은 후의 정식 시호를 '동명성왕'이라 칭했다고 기술하고 있는 점을 보면 고려인들의 인식에서는 '주몽＝동명왕'이 역사적 사실로 인식되고 있었다는 것을 확인할 수 있다.

　이처럼 <동명·주몽신화>는 동명과 주몽을 동일 인물로 형상화 시키는 과정에서 이전의 신화들을 모태로 새롭게 형성된 신화라 할 수 있다. 그리고 신화의 의미에 있어서도 <동명신화>나 <주몽신화>와는 전혀 다른 의미를 내포하고 있다는 점을 알 수 있다.

5. 맺는 말

　이상으로 <동명·주몽계 신화>의 다양한 텍스트를 '신화의 기술 방식'을 중심으로 분석하여 각각의 신화 텍스트에서 의미의 변별이 어떻게 드러나는가를 살펴보았다. 중국의 역사서에 나타나는 <동명

신화>나 <주몽신화>는 기본적으로 외국의 신화에 관한 기술이기 때문에 텍스트 내부에 자신들의 세계관을 적극적으로 담고 있지 않지만, 주인공들의 모친이나 父的존재에 대한 기술에서 중국 중심의 세계관을 엿볼 수 있었다. 신화 텍스트에 자신들의 세계관을 적극적으로 드러낸 것은 장수왕대의 고구려인들과 13세기 고려인들이었다. 고구려인들은 자신들의 시조를 천제의 아들이라 칭하고, 자연계마저 자신의 의지대로 부릴 수 있는 신이한 능력의 소유자로 기술하였다. 이는 광개토왕 비문을 통하여 천하의 중심이 고구려라는 역사상을 구현하고 있는 고구려인들의 세계관이 만들어 낸 기술이었다. 13세기의 고려인들은 <동명신화>와 <주몽신화>를 일원화하여 <동명·주몽신화>를 형성하고 동명과 주몽을 동일 인물로 기술하였다. 이는 자신들의 기원을 고구려보다 더 선행하는 고대에서 찾으려는 고려인들의 역사인식이 신화 텍스트로 구현된 결과이다.

즉, 고구려인들이나 고려인들은 신화에서 어떤 의미를 찾으려고 한 것이 아니라 자신들의 세계관을 신화 텍스트에 구현하였다고 할 수 있다. 따라서 <동명·주몽계 신화>들을 분석하는데 있어 신화 텍스트 속의 고정된 의미를 찾으려는 방식이 아니라, 각각의 텍스트 내부에서 고유한 의미를 드러내는 방식이 무엇인가에 초점을 두고 분석해야 할 것이다. 또한 신화 연구는 고대만의 문제가 아니라 역사적인 문제로 인식해야 할 것이며, 고대 신화의 해석 혹은 연구라는 작업을 통하여 자신의 사상이나 세계관을 구현하려는 현대의 연구자들과 신화 텍스트 기술을 담당한 과거의 역사가들이 사실은 동일한 선상에서 각각 자신들의 고대상을 모색하고 있다는 점을 자각해야 할 것이다.

모모타로우(桃太郎)에 나타난 모방적 욕망과 공동체의 형성

1. 머리말

　일본에 있어서의 설화연구는 근대 이후에 시작되었다고 말할 수 있다. 물론 근대 이전에도 설화집 형태의 텍스트가 많이 존재하고 있지만, 근대 이후의 그것과는 전혀 성격을 달리하고 있으며, 근대적 학문 방법을 통한 연구는 근대 이전에는 존재하지 않았던 것이 사실이다. 근대의 설화 연구자들은 설화 연구를 통하여 자신들이 속한 국가나 민족의 문화를 발견하려고 시도하였으며, 민족의 특징 즉 정체성을 설화 속에서 찾으려 하였다. 그 방법으로는 외부의 설화와의 비교

연구를 통하여 설화 속에 들어있는 보편적인 요소를 제외하고, 자신들의 설화만이 가지고 있는 특수성을 찾아내는 것이었다.

그런데 이러한 설화인식이 가능하기 위해서는 하나의 전제를 필요로 한다. 즉, 설화에 내부/외부의 구분을 할 수 있는 경계의 설정이 필요한 것이다. 이 경계는 국경 단위로 설정 되었지만 문제는 이 국경이 설화가 발생될 당시의 경계와는 전혀 관계없는 것이라는 사실이다. 설화가 발생할 당시의 상황이나 특정 설화의 발생지에 대해서도 명확히 규명하지 못하는 상태에서 현재의 경계선을 기준으로 설화의 경계를 확정하고 내부의 설화와 외부의 설화로 구분하여 내부의 특수성을 찾는 작업이 근대 이후의 설화 연구라고 할 수 있는 것이다. 결과적으로 이러한 설화 연구는 설화 텍스트의 외부에서 설화에 대해 논의하는 결과를 가져왔으며, 많은 경우 설화와 직접적으로 관계없이 연구가 진행된 것이 사실이다.

본 논문에서는 먼저 일본의 설화 <桃太郎>에 대한 일본 연구자들의 연구를 살펴본다. 그 과정에서 일본연구자들의 <桃太郎>연구가 설화 텍스트와는 관계없는 지점에서 진행되었다는 것이 명확해질 것이다. 그리고 <桃太郎>라는 일본의 설화 텍스트를 통하여 현재의 우리가 무엇을 이야기할 수 있는가를 살펴보고자 한다. 구체적으로는 <桃太郎> 속에서 공동체의 성립 과정이 어떤 형태로 드러나는지에 대하여 텍스트의 분석을 통해 밝혀 보려고 한다. 이 과정에서 일본설화라는 한정사가 붙은 <桃太郎>설화가 사실은 일본민족의 설화가 아니라 인류의 보편적인 문화적 양태를 보여주는 설화로 위치 지워질 수 있다는 것이 보여질 것이다.

2. <桃太郎>를 통한 일본 민족의 특성 '記述'

<모모타로우(桃太郎)>는 일본인이라면 누구라도 알고 있는 이야기이다. 이 설화의 발생은 정확히 알 수 없지만 에도시대의 출판물에 많이 보이고 있다. 그러나 실제로 <桃太郎>가 일본인 사이에 널리 알려지게 된 것은 메이지 시대 이후의 일로 그것은 활자 인쇄에 의한 보급과 학교 교육이라는 제도에 힘입은 바 크다. 메이지 중기에 국정 교과서의 국어 독본에 실린 이후 <桃太郎>는 국민적 영웅으로서 다양한 얼굴을 지니게 된다. 예를 들면 태평양 전쟁시기에는 군국주의의 선전 재료로 이용되어 桃太郎는 용감한 일본군을 표상했으며 귀신은 「鬼畜美英」으로 인식되어졌다. 또한 패전 후에는 桃太郎는 민중이나 노동자의 기수가 되었으며 귀신은 군국주의자나 지배자로 비유되기도 하였다.

<桃太郎>가 현재와 같은 스타일로 고정된 것은 이와야 사자나미 (嚴谷小波)가 편찬한 『日本昔話』에서 부터이다. 이와야는 아동 잡지 <소년세계>의 편집장으로 있으며 구연동화 운동을 전국적으로 확산

시켰다. 구연동화 운동 이후 널리 알려지게 된 <桃太郎>는 어린이들 사이에 급속하게 퍼졌으며 전국 각지에 桃太郎의 동상이 세워질 정도였다. 이와야는 『桃太郎주의의 교육』이라는 교육 평론을 썼는데 그 속에서 <桃太郎>는 민족주의의 선전 재료가 되었으며 근대 학교교육을 통해 만들어진 「少年」의 모델로서 이데올로기적인 상징이 되었다.

이러한 桃太郎像의 형성은 교육 현장뿐만 아니라 설화 연구라는 학문적 영역에서도 이루어졌는데 특히 메이지 시기의 설화 연구에서 잘 드러나고 있다. 그 대표적인 연구자의 한 명이 타카키 토시오(高木敏雄)이다. 타카키는 논문 「영웅전설桃太郎신론」에서 <桃太郎>를 영웅전설적 동화로 규정하고 있다.

> <桃太郎>은 신화적 전설도 아니고, 史的 전설도 아니다. 국민전설도 아니며, 또한 지방적 전설도 아니다. 그렇다고 해서 보통 일반의 민간동화도 아니다. 즉, 민간동화의 옷을 입은 史的국민전설로 그 속에는 신화적 요소, 전설적 요소, 동화적 요소, 기타 여러가지 요소가 포함되어 있다.[1]

이 인용문에서 알 수 있듯이 타카키는 <桃太郎>를 역사주의적 관점에서 논하고 있다. '史的국민전설'이라는 용어를 사용함으로서,

---

[1] 高木敏雄 「英雄傳說桃太郎新論」, 『日本神話傳說の研究 2』, 東洋文庫, 184쪽.

이 설화가 신화적 요소를 포함한 다양한 요소를 포섭하면서 역사적으로 발전해 왔다고 이해하며, 또한 국민전설로서의 위치도 동시에 부여한 것이다. 타카키는 근대 국민국가 구성에서 중요한 요소 중의 하나인 '민족'의 개념을 종족적인 관점에서가 아니라 문화적인 관점에서 구하고자 했던 연구자이다. "일본민족의 범위를 확정할 수 있다는 것은, 문화의 공통성이라는 것이 이 방면의 유일한 요건"[2]으로 파악하여, '민족'이 성립하기 위한 첫번째 조건으로 '공통의 문화'의 공유를 들고있다.

그런데 이 공통의 문화를 결정짓는 가장 중요한 요소가 '국토'라는 개념이다. 즉, 국경이라는 외부와의 경계 내부의 공간에서 공유되는 문화가 '민족문화'인 셈이며, 민족문화의 형성을 통해 민족이라는 개념도 완성되는 것이다. 문화란 외부와의 교섭을 통하여 발전되는 것이므로 순수한 일본의 민족문화는 외부 문화와의 비교를 통해서만 드러나게 된다. 타카키는 설화에 있어서의 일본문화적 요소를 드러내는 작업으로 외부설화와의 비교연구를 행하게 되는데, <桃太郎>의 해석 작업에서 이 설화가 지닌 일본적 요소를 추출하고 있다.

먼저, 복숭아가 갈라져서 어린 아이가 출현했다고 하는 탄생의 모티브에 대하여 복숭아가 가진 생식력에 의하여 桃太郎가 태어났다고 파악했다.

---

2) 高木敏雄 「鄕土硏究の本領」, 『日本神話傳說の硏究 2』, 東洋文庫, 437
 ~438쪽.

> 복숭아는 사악한 기운을 지우는 영물이면서 동시에 장생불로의
> 仙果인데, 그것과 함께 여성의 <심볼>이다. (중략) 여성의 <심볼>
> 이며 동시에 생식력의 <심볼>인 복숭아가 惡鬼邪氣를 퇴치한다
> 는 것은 특별히 고원한 철학적 설명을 기다릴 것도 없이, 순박한
> 민간신앙이 그것을 설명하고 있다.[3]

그리고 이러한 식물이 가진 생식력에 의한 기이한 탄생이라는 사상
은 세계적으로 분포되어 있으며, 따라서 주인공인 桃太郎가 복숭아에
서 태어났다고 하는 모티브는 세계적인 보편성을 가지는 사건으로
인식하고 있다.

桃太郎의 탄생이 세계적인 보편성을 지닌데 대하여 <桃太郎>
의 후반부에 해당하는 귀신섬 정벌에는 일본의 특징이 잘 나타나
있다고 주장한다. 그가 <桃太郎>을 영웅전설로 위치지운 이유도
귀신섬 정벌을 중심으로 이 설화를 이해했기 때문이다. 즉 桃太郎에
의한 귀신섬 정벌은 「영웅전설을 애호하는 국민의 성격에 그 원인을
찾아야 한다.」[4]고 말하며 <桃太郎>속에서 일본 국민의 성격을 읽
어내고 있다. <桃太郎>를 영웅전설로서 위치지운 타카키의 해석은
당시로서는 새로운 학설이었지만 그 학설의 근거가 되는 것은 <桃太
郎>를 가지고 일본인의 대외진출 정신을 주장한 메이지 시대에 일반

---

3) 高木敏雄 「英雄傳說桃太郎新論」, 『日本神話傳說の研究 2』, 東洋文庫,
   190쪽.

4) 高木敏雄 「英雄傳說桃太郎新論」, 『日本神話傳說の研究 2』, 東洋文庫,
   199쪽.

적인 견해와 인식을 같이하고 있다.

타카키와 동시대의 신화 연구자인 마츠무라 타케오(松村武雄)는 <桃太郎>에는 외부의 설화와 공통된 세 개의 요소가 포함되어 있다고 말한다. 즉 어떤 물건이 강의 상류에서 떠내려 오는 것, 그리고 그 속에서 어린 아이가 태어나는 것, 또한 그 아이가 성장한 후 어떤 사업을 이루는 것의 세 요소인 것이다. <桃太郎>와 동일계통으로 보이는 설화가 널리 분포되어 있는 것은 「많은 민족에 공통된 심리의 산물에 불과하다.」[5]고 말한다. 어떤 식물에서 어린 아이가 태어난다는 설화가 세계적으로 널리 분포되어 있는 이유에 대해서는, 식물이 가진 번식력이나 과실이 여성의 생식기의 상징이라는 신앙이 보편적으로 보여 지며 이런 종류의 설화를 발생시킨 배경에는 이러한 민간신앙이 존재한다고 인식하고 있다.

마츠무라는 <桃太郎>에 보여지는 상기의 세 가지 요소는 다른 설화에도 나타나지만 유사한 설화에는 보이지 않는 독특한 요소가 <桃太郎>에서 보인다고 한다. 이 요소가 <桃太郎>가 지닌 특색 이며, 여기에는 특정한 시기의 일본의 문화적 현상이 반영되어 일본 특유의 정신이 스며있다고 주장했다. 그 독자의 요소는 (1) 원숭이, 꿩, 개 등이 桃太郎와 동반하여 원정에 조력하는 점, (2) 바다를 건너서 소위 귀신섬을 정복하는 점, (3) 귀신섬에서 보물을 뺏어오는

---

5) 松村武雄 『童話教育新論』, 培風館, 1920, 384쪽.

점 등 세 가지라고 한다.

물론, 이러한 요소가 <桃太郎>에만 나타나는 것은 아니지만 그는 <桃太郎>와 동일 계통에 속하는 설화라는 범위에서는 일본의 <桃太郎> 이외의 설화에서는 보여지지 않는다고 한다. 나아가 <桃太郎>에는 기본 형식과 발생 심리에 있어서 동일 계통의 설화와 많은 유사성을 보이고 있지만, 이야기의 구조에 있어서 다른 설화보다 몇 발자국 앞선 비약을 보인다고 한다.

> (1)이야기를, 보다 다양하게 하고, 보다 움직임(action)을 많게 하고, 보다 변화를 풍부하게 하고 있다. (2)해외 발전의 기운과 의기를 집어넣어 소위 八幡船의 和冠에 의해 나타난 일본인의 원기를 반영하고 있다.[6]

일정한 시기의 일본문화의 특징을 <桃太郎>라는 설화 속에서 찾으려는 시도는, 현재의 연구자가 지닌 인식을 과거에 소급하여 적용하는 구체적인 예라고 할 수 있다. 이는 설화가 현실적으로 이야기되던 시기에는 문제되지 않던 사항들이었으며, 따라서 설화 텍스트 내부의 문제가 아니라 연구자들이 추구했던 문제가 설화연구를 통하여 드러난 것에 불과한 것이다.

타카키와 마츠무라는 <桃太郎>와 동일계통의 설화가 세계적으

---

6) 松村武雄, 『童話教育新論』, 培風館, 1920, 409~410쪽.

로 분포되어 있으며 일본의 <桃太郎>가 그 형성 과정에서 외부의 설화와 교류가 있었다고 하는 인식을 공유하고 있다. 또한 <桃太郎>에 보이는 일본적 특징은 전반부의 기이한 탄생에 있는 것이 아니라 후반부의 귀신섬 정벌에 있다고 하는 점에 있어서도 인식을 같이하고 있다. 그들은 설화 연구를 통하여 설화의 내부에서 일본민족의 특징과 정신을 읽어내려고 하였으며 이것은 설화의 발생을 민족적 단위로 파악하는 인식을 기반으로 하는 것이다. 즉 설화의 발생에 있어서 그 설화를 발생시킨 민족의 의식이나 설화 발생의 목적 등이 현재에 전해지고 있는 설화 속에 포함되어 있다고 인식하고 있는 것이다.

그러나 설화가의 내부에 민족의식이 포함되어 있다는 사유는 '민족'이라는 근대적 개념이 옛날부터 역사적으로 존재했던 것 같은 인상을 주고있다. 그들은 의식하던 의식하지 못하던 관계없이 설화연구를 통하여 일본민족을 역사적인 실체로서 구축해 냈던 것이다. 특히, 마츠무라의 연구는 『동화교육신론』이라는 교육에 관계되는 저작 속에서 이루어진 작업이었기 때문에, 설화의 주인공이라는 가공의 인물을 매개로 하여 근대 국민국가의 이상적인 '국민'을 만들려는 현실적인 요구와 명확한 목적의식 하에서 진행됐음을 엿볼 수 있다.

또 하나 문제가 되는 것은 현재의 <桃太郎>를 구성하고 있는 여러 요소 중에서 일본이라는 내부에서 발생한 요소와 외부에서 들어온 요소간의 차이를 명확히 분절화해서 인식할 수 있는가 하는 점이다.

전승되어 오던 설화 속에서 일본의 문화적 요소와 외래의 문화적 요소라는 차이는 현실 생활의 영역에서는 경험할 수 없다. 이러한 문화적 차이를 경험할 수 있는 것은 문화적 차이의 '記述'을 통해서만 가능한 것이며, 이 속에서만 문화적 차이와 만날 수 있는 것이다.

3. <桃太郎> 발생의 기원과 근원

<桃太郎>의 발생에 대하여 본격적으로 논의한 연구자는 일본 민속학의 창시자라고 말해지고 있는 야나기다 쿠니오(柳田國男)이다. 야나기다는 자신의 설화연구를 "민담의 기원론, 이것과 중간의 성장발 달을 둘로 나누어서 보려고 하는 방법론"[7]으로 규정하고 있다. 즉, 기원과 발달을 분리해서 봄으로써 설화연구에서 보여 지는 기원 중심 의 연구를 비판하고 있는 것이다. 그리고 설화의 기원에 관해서는,

설화의 신화적 기원이라는 것은 자신도 물론 이것을 인정하고 있다. 현재 웃으면서 아동들에게 이야기하고 있는 옛날 이야기 속에 도 예전에 수염달린 이들이 근신하며 경청했던 古傳이 반드시 섞여 있는 것은 의심할 수 없다.[8]

---

7) 柳田國男「桃太郎の誕生」, 『定本 柳田國男集』8卷, 6쪽.(이하, 『定本』)

고 하며, 설화의 발생이 신화에 기원한다고 주장했다. 신화가 설화의 발생에 어떤 영향을 미쳤는가를 구체적으로 증명할 길은 없지만 이야기의 허구성에 있어서는 신화와 설화가 일치하고 있다. 야나기다는 신화가 지닌 신성함이 사라진 시대에 허구성만이 남은 이야기가 설화의 형태로 후대에 전승되어 왔다는 것이다.

그런데 야나기다가 설화의 신화 기원설을 주장한다고 해서 일본설화의 기원을 일본의 신화에서만 찾은 것은 아니다. 그는 설화가 외부에서 일본의 국내로 전해진 사실에 대해 자연스런 현상으로 인정한다. 다만 이야기의 구조가 일치하는 것으로 전파설을 주장하는 연구에 대해 경계를 할 뿐이다. 야나기다가 설화의 기원보다 더 중요시한 것은 전승의 과정에서 일어난 이야기의 변화방식이었다. 전술한 바와 같이 야나기다의 설화연구 방법은 설화의 기원론과 성장발달을 분리해서 보는 것이다. 그에 의하면 설화에 나타나는 일본의 지역적 특성은 기원 보다 중간에 변화하는 과정에서 더욱 명확히 드러난다고 한다.

민담, 혹은 민간설화라고 이름 붙여진 것 속에는, 이러한 국제적 유사가 현저한 약간을 제외하고, 이것과 대립하여 국내에 한해서 과감하게 변화한 것이 있는 것은 사실이다. (중략) 설화에는 그 성숙기라고 이름 붙일 수 있는 것이 있어, 개개의 풍토환경과 사회생활의 단계에 의해 혹은 설화 그 자체의 성질로, 나라마다 다른 연령을 지니며, 다른

---

8) 柳田國男, 『物語と語り物』, 『定本』7卷, 6쪽.

경력을 가지며, 따라서 그 전파의 양식에도 몇 가지의 차이가 있을 수 있다.[9]

그러나 이처럼 설화를 기원론과 발달론으로 분리해서 변화의 원인을 일본 국내로 한정해 논하는 방법이 성립하는가 하는 의문이 남는다. 설화가 다양한 지역에서 다양한 형태로 발생한 것처럼, 변화와 발달에 있어서도 지역과 시기 그리고 구조의 다양성이 필연적으로 전제될 수밖에 없다. 설화는 원래 발생 시점에서 동시에 변화하고 있었을 것이며, 외부의 설화가 일본으로 전파되어 온 시기를 명확히 특정할 수 없는 한, 설화가 일본 내부에서 변화되어 온 원인과 과정을 밝히기는 어려운 일이다.

그러면 <桃太郎>의 기원에 관하여 야나기다는 어떤 입장을 취하고 있을까? 그는 설화의 기원을 신화에서 찾는 것과 같이 <桃太郎>의 기원을 일본의 신화에서 찾고 있는데, 주목할 점은 <桃太郎>의 근원이 되는 화소는 외부에서 들어온 것으로 파악하고 있다는 점이다.

복숭아가 갈라져서 그 속에서 아이가 태어났다 하는 것은 일본의 桃太郎 이외에는 보이지 않는데 반하여 개와 기타 동물의 도움으로 커다란 일을 성취한 이야기는 타국에도 많다. (중략) 설화의 영웅이 숨겨진 약속에 의하여, 혹은 恩義에 보답하고자 하는 동물의 저력을 얻어, 매우 어려운 사업에 성공하는 것은, 일본만의 전승은 아니었던

---

9) 柳田國男,「桃太郎の誕生」,『定本』8卷, 9~10쪽.

것이다.[10)]

이 인용문에서 야나기다가 <桃太郎>의 이해에 있어서 탄생 모티브와 원정 모티브를 분리해서 사유하고 있음을 알 수 있다. 즉 '탄생'의 부분에서는 일본의 특징이 나타나는데 반하여 '원정'의 모티브는 외국의 설화에도 많이 보인다는 견해를 드러낸 것이다.

<桃太郎>에서 주인공의 탄생의 기원을 일본의 신화에서 찾는다면 현재 전해지고 있는 <桃太郎>의 어떤 부분을 신화적 요소로 볼 수 있을까. 야나기다는 <桃太郎>의 신화적 요소를 '치이사코(小さ子)'라는 개념으로 설명하고 있다. '치이사코'라는 것은 기이하게 탄생한 극단적으로 조그만 설화의 주인공을 말하는데 야나기다에 의하면 "치이사코의 이야기는 즉 상대의 신화였다."[11)]고 한다. 그런데 극단적으로 작은 아이가 탄생한다는 사건이 가능하기 위해서는 그것은 '믿는다'는 행위가 감정의 차원에서 선행되어야 한다. 더욱이 '믿는다'는 행위가 개인의 차원이 아닌 집단적인 행위로써 성립되어야 한다는 것이 전제가 되어야 한다. 이러한 행위가 집단적 감정으로 드러나는 곳에서 '신앙'이 발생하는 것이다. 야나기다는 일본의 고대에 '치이사코'라고 하는 기이한 탄생을 '믿는' 신앙이 존재하였으며, 이 신앙을 전해주는 이야기가 상대에 신화의 형태로 존재했다고 한다.

---

10) 柳田國男 「桃太郎の誕生」, 『定本』8卷, 18~19쪽.
11) 柳田國男 『物語と語り物』, 『定本』7卷, 8쪽.

그렇다면 일본의 설화 속에 '치이사코'신앙이 어떤 형태로 말해지고 있는가를 야나기다의 논의에 따라 분석해보자. 먼저, '치이사코'이야기에 속하는 설화에는 ＜一寸法師＞와 ＜田螺長者＞, ＜蛇婿入＞ 등이 있다. 야나기다에 의하면 이러한 전승이 일본의 특징적인 이야기라고 한다. 또한 '치이사코'이야기는 전승의 과정에서 다양한 형태로 변화해 왔지만, 다음과 같은 세 가지의 불변하는 요건을 갖추고 있다고 한다.

1. 귀한 아이가 신심이 깊은 자의 희망에 응답하여 주어진다.
2. 그 아이의 어려운 사업.
3. 아이가 성장한 후 최선의 결혼을 하고 비할 수 없이 유명한 가문의 시조가 되는 것.[12]

신으로부터 주어진 아이는 그 신심을 시험하기 위하여 믿기 힘든 출현의 방식으로 이야기 되는 것이다. ＜桃太郎＞과 ＜瓜子姫＞, ＜一寸法師＞ 등의 탄생방식이 그 예가 될 것이다. 또한 기이한 방식으로 태어난 아이이기 때문에, 그가 수행하는 '사업'도 보통의 인간들이 이루어낼 수 있는 것이 아니다. 보통의 인간들은 할 수 없는 어려운 사업을 외견상 약하게 보이지만, 신이 내려준 아이이기 때문에 쉽게 해결할 수 있는 것이다. ＜桃太郎＞가 귀신을 정벌할

---

12) 柳田國男 『桃太郎の誕生』『『定本』8卷, 筑摩書房, 1962, 142〜143쪽.

수 있었던 것도 신이 보내준 아이였기 때문에 가능했다.

그런데 야나기다는 이 '치이사코'이야기의 원형으로 말할 수 있는 설화가 일본에 존재한다고 주장한다. 그것은 앞서 언급했던 설화의 변화양식 중 두 번째에 속하는 <뱀 사위 이야기(蛇婿入)>이다.

> 일본의 치이사코 설화가 최초 조그만 동물형태를 띠고 출현한 영웅을 이야기하며 또한 기괴하게 부인을 얻는 일에 성공하는 것을 중심으로 전개하고 있는 것은 그것이 위에서 말한 신인통혼(神人通婚)의 전승이 아직도 깊게 믿어지고 있었던 시대에 시작되었다는 증거…(후략)13)

즉, <뱀 사위 이야기(蛇婿入)>에 속하는 민담이나 전설에 등장하는 작은 뱀(小蛇)은 "신이 작은 뱀의 모습이 되어 나타났기 때문에 뱀이 신으로 숭배되지 않았다."14)고 하며, 인간세계에 자기의 자손을 남기기 위하여 나타난 '神'으로 해석하고 있다. 인간과 신의 결혼에 의하여 태어난 신의 자손이 위대한 사업을 성공한 후, 행복한 결혼으로 새로운 '가문'의 선조가 되는 것이 원래의 신화였다고 야나기다는 생각했다.

이 인용문에서도 알 수 있는 바와 같이, 야나기다는 '치이사코'신앙이라고 이름을 붙인 이 신앙에서 주인공의 '탄생'뿐만 아니라 '기이한

---

13) 同上, 25쪽.
14) 同上, 24쪽.

결혼’에도 주목하고 있다. 왜 야나기다는 주인공의 결혼을 중요시 하였는가? 그것은 그가 자신의 고유신앙론에 있어 중심적인 개념인 ‘우지가미(氏神)’신앙과 여기에서 논하고 있는 ‘치이사코’신앙을 동시에 생각하고 있기 때문이다. <桃太郎>이나 <瓜子姬>와 같은 이야기의 원형을 <뱀 사위 이야기(蛇婿入)>에서 찾은 것도 그 이야기가 행복한 결혼을 통하여 새로운 ‘가문’을 열고 선조가 된 이야기이기 때문일 것이다.

> 이러한 신화가 굳게 믿어졌기 때문에, 치이사코(도태랑도 그 한 명)의 원정담은 구혼을 중심으로 발생할 수 있었던 것이다. 이 점을 표준문학의 도태랑의 편자가 아무 것도 생각하지 않은 채 탈락시켜버린 것이다.[15)]

그러나 이 인용문처럼 현재 전해지고 있는 <桃太郎>에는 주인공인 桃太郎의 결혼장면이 보이지 않는다. 물론 야나기다는 원래의 <桃太郎>에는 桃太郎의 결혼장면이 있었다고 믿고 있다. “桃太郎도 처음에는 아름다운 부인을 얻었을 테지만, 적어도 아름다운 부인을 얻었던 桃太郎의 이야기도 있기는 있지만(후략)”[16)]이라고 말하며 처음에는 桃太郎의 결혼에 관한 이야기가 있었을 테지만, 설화가 변화하는 과정에서 그 장면이 생략되었다고 인식하고 있다. 桃太

---

15) 柳田國男 「桃太郎根原記」『定本』三十卷, 1964, 156쪽.
16) 同上, 154쪽.

郎의 결혼장면이 없어진 것에 대하여 "동화로서는 필요가 없기 때문에, 일부러 탈락시키고(후략)"[17]라며 신화가 동화화되는 과정에서 특히 <桃太郎>에 있어서 생략되었다고 주장한다.

야나기다에 의하면 구승 문예의 동화화에 있어 설화의 현저한 변화가 일어났다고 한다. 즉, 설화의 청자가 어른이나 청년에서 어린 아이로 바꾸는 과정에서 이야기의 중심이 어른의 흥미에서 어린 아이의 흥미로 변했다는 것이다. 예를 들면, "桃太郎으로 말하자면, 복숭아가 갈라져서 어린 아이가 나온 것 혹은 떼굴떼굴 복숭아가 굴러온 것 등이 중심인 것처럼 생각되어진 것이다."[18]라고 한다. 따라서 지금까지 <桃太郎>에서 '탄생'이 중심적인 것처럼 생각되어져온 이유는 <桃太郎>의 동화화에 그 원인이 있다는 것이다.

이 논의에 대한 근거로 설화를 채집할 때 이용하는 것을 목적으로 만들어진 『昔話探集手帳』를 예로 들어보자. 이 책에는 야나기다가 일본 설화의 기준형이라고 선정한 100편의 이야기가 수록되어 있다. 후에 야나기다는 이것에 근거하여 일본설화의 분류를 하고 있는데, 맨 앞에 실려있는 이야기가 <桃太郎>이다. 그런데 『昔話探集手帳』에 보여지는 桃太郎의 사업은 귀신섬 정벌이 아니라, 지옥의 공주를 구출하는 것이다.

「치이사코 신앙」은 야나기다가 민속학이라는 학문을 통하여 규명

---

17) 同上, 143쪽.
18) 柳田國男 『桃太郎の誕生』『『定本』八卷, 筑摩書房, 1962, 14쪽.

하려고 한 일본의 고유 신앙의 구체적인 한 형태이다. 야나기다는 <桃太郎>를 신화가 쇠퇴한 후 성립한 이야기로 인식하며 그 속에는 신화 시대에서부터 변하지 않은 것, 즉 일본 고유 신앙의 흔적이 남아 있다고 말하고 있는 것이다.

야나기다는 <桃太郎>를 신화적인 이야기로 인식하고 있다. 물론 <桃太郎>는 신화가 쇠퇴한 후 성립한 설화라고 말하고 있지만, 그 속에서 신화시대부터 변하지 않는 일본 고유신앙의 흔적을 찾으려는 태도는 신화적 이야기로서의 <桃太郎>를 논하고 있다고 볼 수 있다. 실제로 그가 「桃太郎의 탄생」이라는 논문에서 증명하려고 했던 것은 <桃太郎>의 기원과 그것을 성립시킨 고유신앙의 근원적 형태였다는 것은 틀림없는 사실이다.

이러한 야나기다의 <桃太郎> 발생에 대한 논의에 의문을 던지며 <桃太郎>의 기원을 규명하려고 노력한 연구자가 세키 케이고(關敬吾)이다. 세키 케이고는 「桃太郎의 향토」라는 논문에서 설화를 이동 문화재로 파악하며 설화를 구성하는 모티브의 비교를 통하여 <桃太郎>가 일본에 수입되는 경로를 찾으려 하고 있다. 설화에 대한 세키 케이고의 인식은 「발생적으로 보아도 아마 모티브가 전체로서의 설화에 선행할 것이다.」[19] 라며 진화론적인 입장에서 설화의 성립을 주장하고 있다. 세키 케이고에 있어서 설화의 모티브는 연구의 기본이

---

19) 關敬吾 「桃太郎の鄕土」, 『關敬吾著作集』, 4卷, 219쪽.

되는 단위로 중요한 개념이지만 특히 설화의 국제적인 비교를 수행할 때 빼놓을 수 없는 개념이다. <桃太郎>가 발생한 지역이 어디인가라는 근원적인 문제를 해결하기 위한 방법에 있어서도 모티브의 유형을 비교하는 방법을 취하고 있다.

세키 케이고는 <桃太郎>와의 모티브 비교를 통하여 구조적으로 유사한 형태를 띄고 있는 설화로 <치카라(力) 太郎>와 <三人仲間>를 들고 있다. 이 두개의 설화를 구체적으로 살펴보자.

1. 치카라 太郎
   1) 주인공 : 기이한 탄생, 15세까지 요람에서 자라지만 그때부터 급격히 성장한다.
   2) 여행과 동료 : 도중에 매우 힘이 센 사람들과 만나, 힘을 겨루고 가신으로 삼는다.
   3) 처녀의 해방과 결혼 : 가신들과 협력하여 괴물에게 납치된 세 명의 처녀를 구하고, 세 사람 모두 그녀들과 결혼한다.

2. 三人仲間
   1) 주인공 : 桃太郎처럼 기이한 탄생, 힘이 세고, 대식을 한다.
   2) 여행과 동료 : 桃太郎는 귀신의 어금니를 빼앗기 위해 가는 도중에 카키타로우(柿太郎)와 스케太郎를 동료로 삼고, 세 명이 협력하여 귀신의 어금니를 빼앗는다.
   3) 여자아이의 해방 : 일곱 살 난 여자아이의 부모가 귀신에게 삼켜지고, 이제 자기가 삼켜질 차례라고 울고 있는 여자아이를

보고, 세 명이 협력하여 귀신을 퇴치한 후 여자아이를 해방한다.[20]

세키 케이고는 이 세 개의 설화를 <桃太郎>계 설화로 부르고 있는데 실제로 이 설화들을 분석해 보면 구조적으로 거의 일치하고 있는 것을 알 수 있다. 그런데 이 세 개의 설화 중에서 <치카라太郎>가 발생의 순서에서 가장 먼저 발생하였으며 <桃太郎>와 <三人仲間>는 <치카라 太郎>에서 파생된 설화로 말하고 있다.

<桃太郎>가 발생한 근원은 그리스의 영웅 전설인 <아르고나우트(Argonaut)> 전설에 있다고 하는데 주인공이 젊고 기이한 탄생을 했다는 점, 그리고 주인공이 여행을 떠나는 점 등이 모티브의 구성에서 <桃太郎>계 설화와 많이 일치하고 있기 때문이라고 분석하고 있다. 이 그리스의 전설이 실크로드를 통하여 동방으로 전해졌으며 중국대륙과 한반도를 경유하여 일본으로 수입되었다는 것이 세키 케이고의 주장이다.

야나기다 쿠니오와 세키 케이고의 연구는 <桃太郎>의 기원을 찾는데 초점이 맞춰져 있다는 공통점이 있지만 서로 다른 관점에서 설화를 인식하고 있기 때문에 연구의 결과는 전혀 다른 방향으로 진행된 것을 볼 수 있다. 야나기다가 고유신앙이라는 '본질적인' 부분에 중점을 두고 <桃太郎>를 분석했다면, 세키 케이고는 '모티브의

---

20) 關敬吾 「桃太郎の鄕土」, 『關敬吾著作集』, 4卷, 214~217쪽.

유사'라는 점에 착목하여 <桃太郎>와 동일계열에 속하는 설화분석을 통해 이 설화의 발생과 전파의 경로를 규명하려고 하였다. 그러나 <桃太郎>라고 하는 구체적인 텍스트의 외부적인 상황을 중심으로 연구가 이루어졌다는 것은 부인할 수 없는 사실이며, 결과적으로 텍스트와는 관계없는 새로운 「신화」가 탄생했다고 말할 수 있을 것이다.

  그러면 <桃太郎>라는 설화 텍스트를 가지고 우리는 어떤 것을 이야기 할 수 있을까. 이 문제를 가지고 직접 <桃太郎>를 분석해 보기로 한다.

4. 桃太郎 탄생의 우연성과 욕망의 발생

  먼저 「桃太郎」가 어떤 구성을 하고 있는가를 살펴보자. 크게 나누어서 <桃太郎의 탄생>과 <귀신섬 정벌>의 두 부분으로 나누어 볼 수 있다. 조금 더 상세하게 모티브를 중심으로 생각하면 <桃太郎의 탄생>과 <조력자를 얻음> 그리고 <귀신섬 정벌>의 세 부분으로 나눌 수도 있다. 이러한 각 모티브가 <桃太郎>속에서 어떠한 역할을 하고 있으며 <桃太郎>를 통해서 우리들은 무엇을 이야기 할 수 있는가를 살펴본다.

<桃太郎>의 전체 내용을 이야기 전개 순으로 정리하면 다음과 같다.

1) 할머니가 빨래하러 갔다가 개울의 상류에서 떠내려 온 복숭아를 줍는다. 부부가 함께 먹으려고 집으로 가져온 후 복숭아가 갈라져서 아기가 태어났다. 복숭아에서 태어났다고 해서 桃太郎라고 이름을 지었다.

2) 어느 날 桃太郎는 할아버지와 할머니에게 귀신을 퇴치하기 위하여 귀신섬으로 간다고하며 일본 제일의 수수떡을 가지고 집을 나선다.

3) 여행의 도중에 개와 꿩과 원숭이와 만나서 수수떡을 주며 가신으로 삼았다.

4) 귀신섬에서 귀신을 퇴치하고 보물을 빼앗아 돌아왔다.[21]

桃太郎의 탄생은 기이한 탄생이지만 탄생의 방식은 여러 가지로 나타난다. 예를 들면 현재 가장 널리 알려져 있는 탄생의 방식은 인용문과 같이 할머니가 개울의 상류에서 떠내려온 복숭아를 주워왔더니 그 속에서 아기가 나와서 桃太郎라고 이름을 지었다고 하는 것이다. 야나기다(柳田)가 편찬한 『日本昔話名彙』에는 이것과는 조금 다른 형식의 탄생방식이 보인다.

---

21) 關敬吾 『日本昔話大成』3卷, 角川書店, 1978, 69~85쪽.

부부가 꽃놀이를 가서 도시락을 먹으려고 자리에 앉으니 부인의 허리 쪽으로 복숭아가 굴러왔다. 부인이 주워서 주머니에 넣어, 집으로 가져와 비단에 싸서 침상에 넣어두었더니 복숭아가 갈라져 그 속에서 어린 아이가 태어났다. 복숭아에서 태어났다고 하여 桃太郎라고 이름을 붙였다.[22]

그리고 「복숭아가 상자에 담겨져 떠내려 왔다」[23] 등, 일본의 설화 속에 등장하는 桃太郎는 다양한 방식으로 등장하고 있다. 그러나 복숭아가 갈라진 것이 아니라 복숭아를 먹고 젊어진 부부 사이에서 태어났다고 하는 형태의 이야기도 있다. 草紙나 赤本 등의 에도시대 문헌을 보면 <과실형>보다 <회춘형>의 방식이 더 많은데,[24] 메이지시대 이후에 채록된 민담에서는 거의 모두가 <과실형>으로 나타나고 있다.

현재의 시점에서 <과실형>과 <회춘형> 중 어느 것이 <桃太郎>의 원형인가를 판단하는 것은 불가능한 작업이다. 그러나 탄생의 형식은 다르다 하더라도 양쪽 모두에 공통적으로 이야기 할 수 있는 부분이 있다. 그것은 <桃太郎>이라고 하는 설화에 있어서 주인공인 桃太郎의 탄생은 필연적인 것이 아니라 '우연한 사건'에서 시작되었다는 것이다. 즉 복숭아가 갈라져 그 안에서 아이가 태어났다는 것과

---

22) 柳田國男 『日本昔話名彙』, 日本放送出版協會, 1948, 3쪽.
23) 同上, 3쪽.
24) 名村道子 「江戸時代の桃太郎」『國文』19号, 1963, 51~52쪽.

복숭아를 먹고 젊어진 부부가 아이를 낳았다는 것은, 개울에서 떠내려 온 복숭아를 주웠다고 하는 우연한 사건을 공유하고 있다. 물론 이 우연성은 꽃놀이를 갔던 부인의 곁으로 굴러온 복숭아의 경우에도 해당되는 사건이다. 이처럼 복숭아가 떠내려 온 혹은 굴러온 그 자리에 할머니와 부인이 있었다라고 하는 우연이 <桃太郞>의 시작이다.

‘우연한 사건’에 의해서 태어난 桃太郞는 그 상태로는 ‘주체’로서 자립할 수가 없다. 왜냐하면 주체가 주체로서 성립하기 위해서는 자신의 의지에 의하여 무엇인가에 대한 욕망을 가져야만 하기 때문이다. 무엇인가에 대하여 욕망을 갖는 순간 자립적인 개인으로서의 ‘주체’가 탄생하는 것이며 桃太郞에 있어서의 그것은 귀신을 퇴치하려고 하는 욕망을 갖는 순간에 시작된다.

왜 桃太郞가 귀신을 퇴치하려고 생각했는가에 대한 이유를 이야기 속에서 찾아내는 것은 쉽지 않지만 이야기의 결론 부분에서 유추해 생각한다면 귀신섬에 있다고 여겨지는 보물을 원했기 때문일 수도 있다. 또한 ‘귀신’이라고 하는 단어에서 연상되는 악의 이미지에 의하여 악을 퇴치하려고 결심했다고 해석할 수도 있을 것이다. 그러나 이것은 어디까지나 사후적인 해석의 영역에 속하는 문제로 텍스트 속에서 논의할 수 있는 부분은 아니다. 여기서 말할 수 있는 것은 ‘욕망’이 생기기 위해서는 욕망의 대상이라는 외적인 조건과 무언가에 대한 결여상태의 자각이라는 내적인 조건이 동시에 발생해야만 한다는 것이다.

桃太郞는 귀신을 퇴치하기 위한 여행에 나설 때 '일본제일의 수수떡'을 가지고 출발한다. 수수떡은 桃太郞의 여행에 있어서의 필수적인 식량이겠지만 왜 하필 수수떡인가를 명확히 알아낼 수는 없다. 단지 '일본제일의 수수떡'에 대해서는 조금 살펴 볼 필요가 있다. "일본제일이라는 형용어는 아시카가(足利)시대부터 토쿠가와(德川)시대의 초기에 걸쳐서 유행된 말"25)인데 그 의미는 최고·최선이라는 의미로 사용되었다.

수수떡은 처음에는 桃太郞의 식량이었을 것이지만 이야기 속에서는 桃太郞와 가신이 되는 동물들 사이를 맺어주는 결정적인 역할을 한다. 따라서 수수떡은 누구나가 원하는 것이어야만 했으며 '일본제일'이라는 최고를 나타내는 표현이 필요했을 것이다. 아마도 '일본제일'이라는 말은 <桃太郞>이 전승되는 가운데서 이야기 속에 포함되었을 것이지만 여기에서는 수수떡이 주인과 가신의 관계를 성립시키는 매개적인 역할을 하고 있다고 이해한다면 그것으로 족하다.

5. 모방적 욕망과 공동체의 탄생

桃太郞는 귀신섬을 향하여 여행을 하는 도중에 차례로 개·꿩·

---

25) 新村出 『日本の言葉』, 創元社, 1940, 14쪽.

원숭이와 만나서 그들을 가신으로 삼는다. 그들이 桃太郎의 가신이 된 것은 일본제일의 수수떡을 받았기 때문이지만 그 전에 하나의 전제가 필요하다. 즉 귀신섬을 정벌하려고 하는 桃太郎의 '욕망'에 공감하지 않았으면 桃太郎의 가신이 될 수가 없었을 것이다. 그러나 桃太郎의 욕망과 가신들의 욕망은 귀신을 퇴치한다고 하는 내용에 있어서는 동일하지만 질에 있어서는 차이를 보인다. 왜냐하면 桃太郎의 욕망이 스스로의 자각에 의하여 발생한 것에 비하여 가신들의 욕망은 桃太郎의 이야기를 들은 후에 발생한 '모방적인 욕망'이기 때문이다. 즉 桃太郎의 욕망의 기원은 귀신과 직접적으로 관계를 맺고 있지만 가신들의 욕망의 기원에는 桃太郎와의 관계가 귀신과의 관계에 선행하고 있다.

이처럼 스스로 욕망을 자각한 桃太郎는 주체로서 귀신을 욕망의 대상으로 하는 것이 가능하지만 가신들은 桃太郎의 욕망에 동일화하는 것으로만 자신들의 욕망을 표현할 수 있는 것이다. 이러한 질적인 차이가 桃太郎와 가신들의 관계를 규정하고 있는 것이며 또한 욕망의 대상을 공유하는 것으로 그들과 귀신과의 관계도 성립된다. 여기에서 욕망의 대상을 외부에 설정하는 것으로 욕망을 공유하는 형태로 내부의 공동체가 최초로 드러난다.

귀신이 퇴치되어야만 하는 필연성은 여기에서 명확하게 나타난다. 桃太郎와 그 가신들이 귀신을 퇴치한 것은 귀신이 악하기 때문이 아니고 욕망의 대상으로서 공동체의 외부에 위치하고 있기 때문이다.

귀신이 어떠한 존재인가 혹은 귀신섬의 소재가 어디에 있는가 등의 기존의 논의가 무의미한 이유는 여기에 있다. 왜냐하면 桃太郎를 중심으로 하는 공동체가 성립하기 위해서는 귀신의 존재와 그것에 대한 만장일치적인 폭력이 필수불가결한 조건이 되는 것이며 그 때 귀신이 어떤 성격의 존재인가는 중요한 문제가 되지 않는 것이다.[26]

귀신섬 정벌은 귀신에 대한 공동체의 만장일치적인 폭력이라고 이야기했다. 그런데 이 폭력이 이야기 속에서는 공동체의 평화를 위해서 어쩔 수 없는 폭력으로 위치 지워지고 있다. 그러나 桃太郎가 귀신섬을 정벌하려고 하는 욕망을 갖기 이전에는 <桃太郎> 속에 공동체는 명확하게 존재하지 않았다. 공동체는 귀신섬을 정벌하는 과정에서 성립된 것이며 桃太郎가 하나의 주체로서 자립할 수 있었던 것도 귀신을 퇴치하려는 욕망에 유래하는 것이다.

전술한 바와 같이 야나기다 쿠니오는 桃太郎가 커다란 사업을 성공한 원인이 일본의 고유 신앙에 있다고 주장했다. 桃太郎가 기이한 탄생을 통해 출현한 신이 보낸 존재이기 때문에 귀신섬을 정벌할 수가 있었다고 하는 것이다. 그러나 귀신섬을 정벌한 것으로 인해 桃太郎의 탄생이 중요한 의미를 획득하는 것이며 그 반대가 아니다. 단지 귀신을 퇴치하는 어려운 일에 성공한 원인을 사후적으로 복숭아

---

26) 桃太郎의 귀신섬 정벌의 욕망은 직접 원정에 참가한 桃太郎와 가신들뿐만 아니라 할아버지와 할머니도 지녔던 욕망이다. 따라서 귀신에 대한 폭력은 <桃太郎>에 등장하는 모든 존재들에 의한 만장일치적인 폭력이 되는 것이다.

에서 탄생했다고 하는 과거의 기이한 사건에서 찾았을 뿐인 것이다.

거듭 이야기하지만 <桃太郎>의 핵심은 桃太郎가 귀신섬을 정복하고자 하는 욕망을 갖게 된 것에 있다. 이 원초적인 욕망이 모방적 욕망에 의해 재생산되는 곳에서 공동체가 발생한 것이다. 그리고 욕망의 대상에 승리를 거두었을 때 공동체는 완성되는 것이다. 우리들은 <桃太郎>를 통하여 이러한 공동체의 탄생의 순간을 읽어낼 수 있을 뿐이다. 야나기다 자신도 桃太郎의 귀신섬 정벌이라는 어려운 과업을 <桃太郎>에 있어서의 중심적인 사건이라는 것은 인식하고 있었다.

桃太郎의 귀신섬 정벌이라는 옛날이야기는 이미 세상의 어린아이들도 관심을 두지 않을 정도로 평범한 것이 되었지만, 그것이 오직 일본 현대의 하나의 문제일 뿐만 아니라 사실은 역시 세계 개벽이래의 잊어버릴 수 없는 사건으로써 고찰해야만 할 것이다.[27]

桃太郎가 귀신섬을 정벌한 사건을 '세계 개벽이래의 사건'으로서 위치지운 것은 이 사건이 세계적인 보편성을 지니고 있다고 하는 인식에서 나온 서술이다. 따라서 야나기다에 있어서 <桃太郎>에서 드러나고 있는 문제는 일본 현대의 문제만이 아니라 "세계의 시작에서부터의 사건으로서 취급하지 않으면 안 된다."[28]고 하는 문제로 부상

---

27) 柳田國男 「桃太郎の誕生」,『定本』8卷, 7쪽.
28) 柳田國男 「桃太郎根源記」,『定本』30卷, 148쪽.

했던 것이다.

여기서 좀 더 상세하게 검토해야만 하는 것이 개·꿩·원숭이가 지닌 욕망이다. 그들의 욕망은 귀신에 대한 욕망과 桃太郎에 대한 욕망의 양방향으로 향해있다. 즉 전술한 바와 같이 욕망의 대상으로서의 귀신과 桃太郎에 대한 동일화의 욕망이다. 이 대상적인 욕망과 동일화의 욕망 중 어느 것이 선행하는가. 桃太郎의 가신이 된 동물들은 桃太郎로부터 "귀신을 퇴치하기 위하여 귀신섬에 간다"고 하는 이야기를 듣고 "수수떡을 나누어 준다면 함께 간다"고 하며 가신이 되었다. 가신들의 귀신에 대한 욕망은 桃太郎와의 동일화에 의하여 발생했다고 볼 수 있지만 동시적으로 발생한 것이며 이 두 개의 욕망은 상승 작용을 통하여 강화시켜 가는 것이다. 중요한 것은 만약 가신들의 동일화에 대한 욕망이 발생하지 않았다면 이야기 속에서 공동체도 성립하지 않았을 것이며 '세계의 개벽'이나 '세계의 시작'도 없었을 것이다. 동일화 작용에 의한 욕망의 공유로 공동체는 시작되는 것이며 이와 동시에 문화의 시작 또한 타자의 욕망을 모방하는 곳에서 발생하는 것이다. 이 문제는 야나기다가 말한 바와 같이 일본만의 문제가 아니라 전 인류의 보편적인 문제이며 <桃太郎>를 통하여 확인할 수가 있는 것이다.

關敬吾가 <桃太郎>계의 설화로서 파악하고 있는 <치카라太郎>와 <桃太郎>의 결정적인 차이가 바로 여기에 존재하는 것이다. 桃太郎의 탄생이 '우연적인 사건'인 이유는 할아버지와 할머니가

'아이가 있었으면'이라는 욕망을 갖고 있지 않았기 때문이다. 따라서 桃太郎가 탄생하는 시점에 있어서는 인간은 존재하지만 문화는 존재하지 않았던 것이다. 이에 비하여 <치카라太郎>의 주인공은 아이가 없는 부부가 아이를 간절히 원하여 자신의 때로 만든 인형이 남자아이가 되는 양식으로 탄생한다.29) 물론 <치카라太郎>의 탄생도 桃太郎의 탄생과 같이 기이한 탄생이지만 우연적인 사건이 아니라 부부의 욕망이 이루어지는 형식의 탄생인 것이다.

또 하나 다른 점은 주인공의 욕망이다. 桃太郎는 귀신섬을 정벌하고자 하는 스스로의 욕망에 의하여 귀신을 퇴치했지만, <치카라太郎>의 주인공이 괴물을 퇴치한 것은 '우연한 사건'이다. 즉 <桃太郎>에서는 모방적인 욕망에 의한 공동체의 발생을 읽어낼 수 있지만 <치카라太郎>에서는 욕망이나 공동체는 이미 존재하고 있으며 그 속에서 주인공의 기이한 탄생과 성공이 그려지고 있는 것이다. 따라서 <桃太郎>보다 <치카라太郎>가 시대적으로 선행한다고 주장한 關敬吾의 주장에는 의문의 여지가 남는 것이다. 본 논문에서 논의하고자 한 것은 어느 쪽이 원형인가 하는 문제가 아니라 설화 텍스트를 통하여 이야기할 수 있는 범위가 어디까지인가 하는 문제이기 때문에 시대적인 문제는 논의하지 않기로 한다.

마지막으로 원초적인 욕망으로 규정한 桃太郎의 욕망의 기원은

---

29) 關敬吾 『日本昔話大成』, 3卷, 53쪽.

어디에 있는가에 대하여 살펴본다. 전술한 바와 같이 桃太郎는 욕망을 스스로 자각했기 때문에 주체적 개인으로 자립할 수가 있었다. 그러나 이 욕망은 무에서 발생한 것이 아니라 '귀신'이라고 하는 다른 주체를 매개로 해서 발생했다. 바꾸어 말하면 개인적 욕망의 기원에는 항상 타자의 욕망이 존재하는 것이기 때문에 욕망의 기원은 무한히 결정 불가능한 상태인 것이다. 따라서 공동체나 문화의 형성은 공간적으로는 공동체의 '외부'에서 시간적으로는 주체적 개인에 대한 모방적 욕망이 나타난 이후에 시작되는 것이라고 말할 수 있으며 우리는 <桃太郎>라는 설화를 통하여 이 원리를 확인 할 수 있다.

6. 맺는 말

이상으로 일본의 설화 <桃太郎>의 분석을 통하여 공동체가 형성되는 원인과 과정을 살펴볼 수 있었다. <桃太郎>에는 일본인 연구자들이 주장하는 일본인의 특성이나 일본의 고유신앙의 흔적이 남아 있다고 하기에는 너무나 보편적인 이야기가 전개되고 있다는 것을 확인할 수 있었다. <桃太郎>속에서 일본에 대한 무엇인가를 확인할 수 있다면 그것은 현재 일본 내부에서 전승되었다는 사실에 근거한 추론일 뿐이다. 전술한 바와 같이 이러한 설화 연구는 근대 이후의 설화에 대한 개념 형성을 통한 인식에 근거한 것일 뿐 설화 텍스트 자체와는 무관한 논의인 것이다.

이것은 설화 연구자가 자신이 원하는 결과를 설화 텍스트 속에서 구한 결과이며 따라서 연구자들의 연구 속에서 만들어진 허구의 세계이다. 또한 처음부터 예정된 결과였다고 말할 수 있다. 이러한 연구 경향에 대하여 본 논문에서는 텍스트에 근거한 분석을 통하여 텍스트의 외부에서 구축해 왔던 기존의 설화에 대한 개념에 의문을 제기하고, 민족이나 국경을 경계로 한 사유에서 벗어나 새로운 관점에서 설화를 인류 공통의 문화로 사유할 수 있는 계기를 제공하려 하였다. 그 결과 가장 일본적인 설화라고 말해지고 있는 <桃太郎> 속에서 공동체 형성의 원리가 보편적 형태로 그려지고 있다는 사실을 확인하였다.

색인

✿ 참고문헌

기초서

『논형』「길험편」 이주행 역, 소나무, 1996.

『중국정사조선전 역주』1 (『梁書』「東夷列傳」), 국사편찬위원회 편, 2004.

『중국정사조선전 역주』2, 국사편찬위원회 편, 2004.

『韓國古代金石文』제 1권, 한국고대사회연구소 편, 1992.

국사편찬위원회, 『국사』, 문교부, 1982.

김부식 『삼국사기』(상), 이병도 역주, 을유문화사, 1996.

이규보 『동국이상국집』 진단학회 편, 일조각, 2000.

이병도 『국사』, 일조각, 1971.

이승휴 『제왕운기』, 김경주 역주, 역락, 1999.

이홍직 『국사』, 동아출판사, 1969.

최남선 『中等國事』, 동명사, 1947.

최남선 『고등국사』, 시조사, 1957.

단행본

송춘영 『역사교육의 이론과 실제』, 형설 출판사, 1999.

송호정 『단군, 만들어진 신화』, 산처럼, 2004.

심백강 편 『조선왕조실록 중의 단군 사료』, 민족문화연구원, 2001.

유홍렬 『한국사』, 탐구당, 1961.

이병도 『우리나라의 생활(역사)』, 동시사, 1949.

이영화 『최남선의 역사학』, 경인문화사, 2003.

이종욱 『한국 고대사의 새로운 체계』, 소나무, 1999.

윤종영 『국사교과서 파동』, 해안, 1999.

논문

김두진 「단군고기의 이해방향」 『한국학논총』5, 1982.

김정배 「고조선의 주민 구성과 문화적 복합」 『한국민족문화의 기원』, 고려대 출판부, 1973.

김정학 「단군설화와 토테미즘」 『역사학보』7, 1954.

김한종 「해방 이후 국사교과서의 변천과 지배 이데올로기」 『역사비평』15, 1991.

윤내현 「단군신화의 역사적 해석」 『인문과학연구논총』, 명지대 인문과학연구소, 1995.

이기백 「단군신화의 문제점」『한구고대사론』, 탐구신서 75, 1975.
이영화 「최남선 단군론의 전개와 그 변화」『한국사학사학보』5, 2002.
이은창 「삼국유사의 고고학적 연구-단군신화의 고고학적 고찰을 중심으로-」
　　　『삼국유사연구(상)』, 영남대학교 민족문화연구소, 1984.
이지영 「河伯女, 柳花를 둘러싼 고구려 건국신화의 전승문제」『동아시아고대
　　　학』 제13집
이재춘 『단군신화의 고찰』, 중앙어문학회, 1975.
이홍직 「단군신화와 민족의 이념」『한국 고대사의 연구』, 신구문화사, 1971.
정경희 「단군사회와 청동기문화」『한국고대사회문화연구』, 일지사, 1990.
천관우 「단군」『인물로 본 한국사』, 정음문화사, 1982.
최남선 「단군론」『최남선 전집』2, 현암사, 1974.
최남선 「불함문화론」『최남선 전집』2, 현암사, 1974.
최남선 『삼국유사해제』『최남선 전집』8, 현암사, 1974.
한동환 「檀君說話의 分析的 研究」, 단국대학교 교육대학원 석사학위 청구논문,
　　　1984.8.

일본자료

今西 龍 『檀君考』, 1929.
三品彰英 『神話と文化史』, 平凡社, 1971.
松村武雄 『童話敎育新論』, 培風館, 1920.
柳田國男 『日本昔話名彙』, 日本放送出版協會, 1948.
關敬吾 『日本昔話大成』3卷, 角川書店, 1978.
新村出 『日本の言葉』, 創元社, 1940.
高木敏雄 「英雄傳說桃太郎新論」『日本神話傳說の研究 2』, 東洋文庫.
高木敏雄 「鄕土研究の本領」『日本神話傳說の研究 2』, 東洋文庫.
柳田國男 「桃太郎の誕生」『定本 柳田國男集』8卷.
柳田國男 「物語と語り物」『定本 柳田國男集』7卷.
關敬吾 「桃太郎の鄕土」『關敬吾著作集』, 4卷
名村道子 「江戸時代の桃太郎」『國文』19号, 1963.
小田省吾 「소위 단군전설에 관하여」『문교의 조선』, 1925년 2월.
那珂通世 「朝鮮古史考」『史學雜誌』, 第5編4号, 1894.
白鳥庫吉 「朝鮮의 古傳說考」『白鳥庫吉全集』, 第3卷, 1970.
白鳥庫吉 「조선의 건국에 대하여」『東洋時報』 116호, 1908년 5월.
白鳥庫吉 「檀君考」『白鳥庫吉全集』第3卷.
白鳥庫吉 「일본인종론에 대한 비평」『白鳥庫吉全集』第9卷.

저자약력 **김영남**

1968년 강원도 화천 출생.
성균관대학교 문과대학 국어국문학과 졸업.
동경대학 대학원 초역문화과학 전공 비교문학비교문화 코스 석사.
동경대학 대학원 초역문화과학 전공 비교문학비교문화 코스 박사.
현재 성균관대학교 강사.

주요논문
자기동일성 형성 장소로서의 신화연구
    -미시나 아키히데의 탈해신화연구 검토- (2003)
「모모타로우(桃太郎)」에 나타난 모방적 욕망과 공동체 형성(2005)
『조선동화집』에 나타난 '美'의 '記術'에 관한 고찰(2005)
동일성 상상의 계보
    -근대 일본의 설화 연구에 나타난 민족의 발견- (2006) 등 다수

시조 신화 연구
－한국 신화학의 「근대성」극복을 위하여－

초판인쇄 2008년 6월 18일
초판발행 2008년 6월 25일
저자 김영남
발행처 제이앤씨
주소 서울시 도봉구 창동 624－1 현대홈시티 102－1206
등록번호 제7－220호 TEL (02) 992－3253 FAX (02) 991－1285
E－mail jncbook@hanmail.net URL http://www.jncbook.co.kr

ISBN 978-89-5668-611-0 93810   정가 14,000원